U0897349

三人小组

范军 著

一

阿艺在跑马厅见到马贩子门儿清和黄包车夫憨子的时候，一下子就闻到了生活失败者的气息。

这个春天，靠在街头拉二胡为生的中年男人阿艺发现生活变得越来越支离破碎了。老婆菜包子从去年冬天开始就没给他好脸色 看了，扬言你不给我吃饱饭，我就去找能给我吃饱饭的主。儿子铁蛋也对他越来越看不上，原因只有一个：全班四十个同学，只有他阿艺的儿子交不上学费。阿艺也很想给儿子交上学费，让他像其他人家的孩子那样，体体面面地活着。但是自淞沪会战结束之后，国民党军狼狈不堪地退出上海，阿艺发现，靠在街头拉二胡为生几乎变得不可能了。没有什么人向他的破碗里扔钱。人人行色匆匆，心怀忧惧，自己的肚子都填不饱，哪有余钱施舍给这个每天在上海街头拉着忧愁曲调的落魄男人呢？

他们几乎无视阿艺的存在。

阿艺有时候想，自己还是有艺术追求的。别的琴人拉风月场中的《知心客》，被围得里三层外三层，获得的赏钱可以装满三海碗，阿艺却坚持一个人孤苦伶仃地拉《寒春风曲》，曲调如泣如诉，拉得自己都听不下去了，哪还有路人停下来细听，进而掏出钱来赏他一口饭吃呢？菜包子因为这，已经连续一个多月不让阿艺近她的身子。阿艺人到中年，这方面的欲望本来是不强的，但连续一个多月不做房事，阿艺还是忍不住了。阿艺午夜梦回，便强上身旁睡得正香的菜包子。菜包子惊醒后，殊死抵抗，样子像极了守卫贞操的少女。几番肉搏后，阿艺渐占上风，菜包子也有心放弃抵抗，只是半推半就间，提了一个交换条件——拉《知心客》，只要阿艺从此之后拉《知心客》，为家里挣回养命钱，她的身子，随阿艺喜欢。阿艺听到这话，马上瘫软了下来。他的兴奋烟消云散。他也想为家里挣回养命钱，但他不想拉《知心客》，因为那样，他会觉得自己像一个在街头拉客的妓女，所作所为就是讨嫖客欢心。

阿艺不喜欢这种感觉。

阿艺的哥哥董经营鄙视弟弟的这种假清高。董经营在极司菲尔路76号特务科当副科长。虽然是个副的，却自认为是精英人士。每天西装革履，在一定程度上决定着这座城市中某些激进人士的命运。董经营见惯了生死。一些人为了所谓的价值观跟自己较劲，转眼间与家人阴阳两隔，他觉得很没有必要。董经营认为，这个世界不会委屈任何一个人。一个人过得好不好，完全是自己选择的结果。就像弟弟阿艺，董经营不明白他为什么放着那么多种好营生不做，每天拿着把破二胡瞎拉个什么劲。董经营刚进76号特务科当副科长时，曾经正儿八经地和弟弟阿艺探讨过人生规划的问题——是像瞎子阿炳那样拉二胡有劲，还是在76号当特务有前途？阿艺仔细地想了三分钟，告诉哥哥“有劲”和“有前途”是两回事。自己是个没前途的人，但还可以选择有劲地活着。董经营循循善诱，试图说服阿艺在76号当特务才是阿艺人生的正确选择。阿艺又仔细地想了三分钟，告诉哥哥他没法接受自己西装革履的样子。阿艺说，那样特人模狗样，不真实；他不能每天过着听上峰的号令去抓人的生活；他的手拿惯了二胡，不习惯拿枪。董经营嘲讽他是烂泥扶不上墙。

但有时候，董经营又想，阿艺即便是块烂泥，也是块奇葩烂泥。

因为他在某些方面神神道道的。

那天董经营依例巡街。天气很好，阳光打在董经营的脸上，温暖留在他的心中。好像大上海从来没有发生过战争一样，世界充满了和平的气息。但是在极司菲尔路76号附近，董经营听到了清脆的枪声，一个中年男人跌向临街房门，慢慢地倒了下去。不远处的当街路面上，一把点45口径的勃朗宁手枪不知被谁扔在那里，附近，两个一脸无辜的男人正朝这边走来，做出一脸好奇，不知道发生了什么的样子。

董经营紧急拦住了他们。极司菲尔路76号附近决不能出现凶杀案！出现凶杀案就要一查到底，这是董经营的政治敏感与职业习惯。

盘问开始了。路人甲说："我看见死者刚要锁门，枪一响，他应声而倒，我便立即跑来。"

路人乙说："我听到枪声，不知发生了什么事情，看到你俩都往这儿跑，我也就跟了过来。"

总之，两人都否认自己是凶手。董经营发现钥匙还插在房门的锁眼里，他打开门，走进房间。房间里井井有条，毫无异样。董经营一筹莫展了。

街边一角，阿艺的《寒春风曲》没心没肺地传过来，让董经营莫名烦恼。他这时突然想，阿艺，这个整天在街头拉二胡的闲人，会不会看见真正的凶手是谁呢？

阿艺却对这一切毫不关心。他只关心他的《寒春风曲》

有没有听众，知音是谁。阿艺告诉哥哥董经营，别跟他提凶手、血腥事件什么的，因为他晕血。家里杀鸡都晕，别说杀人了。

董经营一声长叹——这个窝囊废弟弟，没救了。世间水深火热，他却视而不见。指望他当目击证人，太阳从西边出来吧。

他叹息着离开，准备将那两个一脸无辜的男人带回76号审问。

“说死者锁房门的是凶手。”

董经营站住。他感觉这话是从阿艺嘴里说出来的。

“你再说一遍。”

“说死者锁房门的是凶手。”阿艺继续拉他的二胡，话说得漫不经心。

“为什么？”

“他知道死者是锁房门，而不是开房门，说明一直在窥视死者行动。”

“窥视是窥视，凶杀是凶杀。两者不是一回事。”

“既是窥视，必有企图。避重就轻，心中有鬼！”阿艺的话说得淡定而坚决。

路人甲的脸色变了。董经营也声色俱厉，扬言要拉他去验勃朗宁手枪上的指纹。路人甲不得不承认自己就是凶手。

这是董经营第一次见识到阿艺的神神道道。但内心深处，他并不认为阿艺有什么逻辑推理能力。自己的弟弟，畏畏缩缩，说话都不利索，哪还谈得上什么逻辑什么推理。阿艺也自认是块烂泥巴，此事过后，依旧破衣烂衫、影响市容地拉他的《寒春风曲》——直到另一件事情的发生，让董经营明确认识到，自己这个弟弟，的确是有些神的。

同福里一个嗜酒如命的酒徒，每天就一个咸鸭蛋能喝两斤白酒。他的生活，在酒后的世界里变得有了无限的可能。有一天，这个用咸鸭蛋下酒的酒徒突然在和平饭店大摆筵席，宴请同福里的街坊邻里。和平饭店位于南京东路和外滩的交叉口，素有“远东第一楼”的美誉。那一天，酒徒意气风发，很有“千金散尽还复来”的气概。面对目瞪口呆的赴宴者，那些平日里对他不屑一顾的街坊邻里，酒徒侃侃而谈。

他说：“倗晓得哦，1906年，和平饭店就有阿拉上海最早的卫生设备和最早的两部电梯，还有阿拉上海最早的屋顶花园。开开眼好哦；倗还晓得哦，1911年，孙中山到南京当中华民国临时大总统，路过阿拉上海出席全市各界在汇中厅举行的欢迎大会，提出了啥口号呢？‘革命尚未成功，同志仍需努力’——哎，这个口号就是这么来的，在阿拉和平饭店提出来的；1927年，蒋委员长和宋美龄在这个汇中厅举行订婚典礼，派头勿要太大哦……同福里同福里，伽天天在同福里打打麻将串串门，都不晓得大上海白相的地方多了去了……”

那天酒徒说了很多话，很多话都说得耸人听闻。但最耸人听闻的一句话是他昨天把一个有钱的商人推到了黄浦江里，得了很多钱，所以今天才有钱请大家到和平饭店开开眼。同福里的街坊邻里听了这话，一个个面面相觑，不知酒徒说的是真话还是醉话。同样半信半疑的还有在座的董经营。他也住在同福里，被酒徒硬拉了来撑门面。但很显然，酒徒说这话的时候，完全忘记了董经营是在76号做事的。

直到第二天，一个有几分姿色的女人找董经营告状，说有人把她丈夫杀死扔到了黄浦江里，丈夫外出做生意赚的钱也都被抢了。那个有几分姿色的女人本来是找警察局缉侦处告状的，里面的一个处长将她推给了董经营。细说起来，这完全是董经营酒后吹嘘的结果。76号看不上警察局，警察局其实更看不上76号的狐假虎威。缉侦处那个大舌头处长与董经营在酒桌上一番唇枪舌剑，让董经营最终口出狂言：缉侦处的案子他都能破！大舌头处长由此将皮球踢给了他。

董经营硬着头皮接下案子。女人话刚说完，董经营心头一惊，马上想到了酒徒。他让特务科的兄弟们先抓酒徒，然后去捞尸。果然，从黄浦江里打捞出一具衣衫褴褛的尸体，只是没有头颅。为了结案，董经营告诉那个女人，必须要找到头颅，否则这具尸体就是无名氏。

董经营自己也没有把握能不能找到头颅。他是在76号做事的，不是刑事警察。但万万没想到，仅仅过了一天，一个油头粉面的男人就陪着那女人来报告说他们找到了尸体的头颅。

董经营隐约感觉哪个地方有些不对。酒徒的酒早就醒了。他大喊自己冤枉，声称自己绝没有杀人，那天在和平饭店大摆筵席，完全是虚荣心作怪。可要是凶手另有其人，会是谁呢?

董经营理不出头绪来。但阿艺替他理出了头绪。阿艺分析说，尸体在黄浦江里，那女人怎么能确定是自己的丈夫呢?必定是先知道丈夫死在那儿了。而且尸体衣服破烂，怎么可能是有钱人呢?那女人肯定在撒谎，其目的就是栽赃酒徒，坐实他杀人越货的酒话。

而头颅在哪儿，陪着那女人来报告的男人如何知道?又为何这么着急地来报呢?必定是与这妇人早已勾搭成奸，两人合谋杀死了那女人的老公。

后来的事实果然证明，酒徒无罪，奸夫淫妇是凶手。董经营震惊于阿艺的逻辑推理能力，郑重其事地邀请他来76号做事，一展宏图。但是阿艺再次重申，他的手拿惯了二胡，不习惯拿枪。董经营也只得再次嘲讽阿艺是烂泥扶不上墙。

二

现在，阿艺这块烂泥巴出现在富丽堂皇的跑马厅，他鲜明地感觉到了自己与周围的格格不入。跑马厅的外墙由红褐色面砖与石块砌成，有塔什干式柱廊。看台西北转角处有一座八层高的钟楼，让阿艺叹为观止。扶梯、雕花栏杆、走廊、大理石地面整洁高贵得让阿艺自惭形秽。他发现马贩子门儿清和黄包车夫憨子像他一样站在跑马厅内局促不安，无地自容。阿艺不用问他们的境况，只看他们的神情与着装就明白，这些都是被生活旋涡卷着跑的人。一会儿东一会儿西，直到今天，被卷到跑马厅来了。换句话说，他们都不是生活的主人。生活对董经营来说是生活，但对阿艺们来说是活着。阿艺也想生活，但他发现自己“生活”不起来。“生活”与“活着”到底有什么区别呢？阿艺思考良久，后来才弄明白，其实就是个摆布权的问题。生活着的人能摆布自己，而仅仅是活着的人则任人摆布。阿艺感觉自己就是任人摆布的人。他本不想来这里的，日军的一个军官把他请了去，让他在一个许多人聚会的场合唱新春堂会，阿艺不喜欢那种很多人聚在一起为了一个共同的目的装得喜气洋洋的样子。因为他的生活里没有喜气洋洋。最关键的是，阿艺不能在新春堂会上拉《寒春风曲》，因为那个日军军官不喜欢。

但是，阿艺还是坚持他的要求：如果非得来新春堂会拉二胡的话，他不能不拉《寒春风曲》。日军军官的脸色渐渐变了，不过这个军官还是有些修养的，他没有对阿艺破口大骂，更没有对他刀枪相见，而是问阿艺，喜欢马吗？

阿艺一下子没反应过来。他的生活里除了二胡，其实容不下更多的东西，比如马。他当然可以说喜欢马，但是有用吗？或者说马喜欢他吗？事实上，阿艺已经很长时间没见过马了。现在这个日军军官问他是否喜欢马，他真是一点感觉都没有。阿艺本能地摇了摇头。

日军军官有些失望："一个男人，怎么可以不喜欢马呢？"

阿艺想了下，说："不是不喜欢，只是喜欢有用吗？"

"当然，喜欢马的男人可以增加雄性气概。"

阿艺又想了下，老老实实地告诉对方，现在自己需要的不是雄性气概，而是养家糊口。如果说喜欢马能够让他养家糊口的话，他愿意天天喜欢马。

日军军官很显然被阿艺的话震惊了。他没想到这个拉二胡的艺人这么物质。阿艺想，不仅是自己要能吃饱饭，家里人也要能吃饱饭。阿艺想到家里面如菜色的老婆菜包子不跟他过夫妻生活，儿子铁蛋的学费还没有着落，就告诉日军军官，他得马上上街拉二胡了。他要在春寒料峭中拉一曲《寒春风曲》，以博得路人的同情，赚取两三个铜板，这样他们穷人的晚餐才有指望。

阿艺后来才知道，日军军官的真实目的是让他参加一场比赛，让他在上海跑马厅代表中国与日本军人赛马。阿艺不想代表国家什么的，也没兴趣参加赛马，但日军军官告诉他，一切悉听尊便。有些东西如果错过了，可能一辈子不会再遇上。这场赛马，阿艺不参加，他可以找其他阿猫阿狗来参加，那阿艺就拿不到十个大洋的辛苦费了。

阿艺直到此时还是不明白十个大洋的辛苦费代表什么意思。他当然知道，这是一笔巨款，他拉二胡，拉三年都赚不到这个钱。但阿艺并不认为自己有命赚这个钱。他这辈子见过马，却没有骑过马，至于赛马，更是闻所未闻。与日本军人赛马，结果无非是输得一塌糊涂。但日军军官一字一顿地告诉他："十个大洋的辛苦费，是赛马输方的辛苦费，只要你参加了，走个过场，这笔钱就是你的了。"

阿艺后来才知道，那个军官是什么特高课第二课的课长，叫松下太郎。

他其实是没得选择。就像马贩子门儿清和黄包车夫憨子被强拉到跑马厅一样，他们都是松下太郎找来的。

不过对于十个大洋，阿艺还是有些心动的。他回家跟菜包子说起十个大洋的事情时，菜包子很激动，激动之余赏了他一次夫妻生活。阿艺高潮的时候突然领悟到一个道理，菜包子赏他一次夫妻生活不是心血来潮，而是有目的的，那就是要他无条件地参加赛马，然后领到十个大洋。对于这件事情，阿艺一下子不好判断。他隐约感觉受到了羞辱。当然阿艺不是没有被羞辱过，他其实是天天感受羞辱。他在街头拉着二胡，每天领受的就是路人羞辱的眼神。关于羞辱，阿艺已经习以为常了。甚至在寒风中拉《寒春风曲》时，阿艺从路人的眼神中感受到的不是羞辱，而是骄傲。他骄傲，因为自己想拉什么就拉什么。只是这一回，松下太郎对他“温文尔雅”之后，他感受到的是实实在在的羞辱。一次注定失败的比赛，一次注定在万众瞩目中高调进行却不得不失败的比赛，阿艺必须厚着脸皮去参加。关键是，这件事情似乎与国家有关。松下太郎说了，这是中国人与日本人之间举行的赛马，胜负代表着国家。正因为如此，阿艺感觉他的羞辱不仅仅属于个人，也属于国家。他觉得自己要是参加这种比赛，不仅倒了自己的霉，也会倒了国家的霉。但菜包子却笑他杞人忧天。房事完毕，菜包子一边将她硕大的奶子塞回有破洞的内衣，一边嘲笑阿艺身无分文，还心忧天下。她对阿艺说："国家的霉不是你想倒就能倒的。你也不撒泡尿照照自己，就你瘦骨嶙峋的样，有资格倒国家的霉吗?"阿艺同样将他瘦小的生殖器塞回有破洞的内裤，对菜包子的冷嘲热讽有些信，也有些不信。他的确是自惭形秽的，长成这瘦不拉几的模样，关键是每天迫于生计要出来在十里洋场拉二胡谋生，确实影响市容，或者说得严重一点，还有可能影响国容。阿艺也不想这样。他也想像大哥董经营一样，长得雍容华贵，每天在76号特务科当副科长，吆五喝六的。可爹妈是同一个爹妈，长相却是天壤之别，阿艺别无选择。

董经营对阿艺参加赛马之事显得异乎寻常地热心。他警告弟弟，这不是一次普通的赛马，据他所知，这是日军为了庆祝淞沪会战的胜利，营造"马照跑、舞照跳"的氛围而在上海跑马厅搞的一场日中"友谊"新春赛马。所以，这与其说是一场赛马，倒不如说是一场政治比赛。因此阿艺千万不能赢，当然他也相信阿艺不可能赢。如果松下太郎要搞的是日中"友谊"新春二胡比赛，董经营相信阿艺有可能会赢，但是赛马，董经营考虑的不是阿艺能不能赢的问题，而是怎么输的问题。

阿艺好奇怎么输竟然也成了问题。他几乎无法想象，输还有多种形态。董经营很老到地告诉他，输可是一门大学问，输得好，有时候远胜于赢得好，因为它事关身家性命。董经营说："松下太郎找你参加赛马是有深意的。为什么不找我，首先一个是形象。我的形象，任何一个人都看得出来，富态。再看看你的形象，一副先天不足、后天失调的模样，你一输，那铁定是'东亚病夫'输了。你当松下太郎花十个大洋找你参加赛马是钱多烧的？错！那是形象包装费，是你'东亚病夫'的出场费，所以你千万不能打扮得衣冠楚楚，真当自己是白马王子出场了。就现在这副模样，再饿他个三天三夜，最好比赛时体力不支从马背上摔下来，那松下太郎一高兴，说不定又赏你十个大洋呢……"

"我不想去……"

阿艺眉头紧锁。他现在是真不想去了。原先十个大洋的内幕，他不清楚，大哥给他分析之后，他才明白，自己赚的这个钱，还是很恶心的。无非是输吧，给日本人当陪衬，输得他们心花怒放而已。阿艺不明白，这样一件恶心事，大哥为什么会分析得眉飞色舞，阿艺真怀疑他们是不是同一个妈生的。但紧接着，董经营给他进一步分析个中利弊之后，阿艺才明白，赛马，他不能不去。因为如果那样的话，后果会很严重。自己性命不保不说，老婆孩子也可能受影响。董经营忧心忡忡地说，他也可能受影响。

阿艺马上感觉自己骑虎难下了。他这才明白，松下太郎看着温文尔雅，实际上是暗藏杀机。去还是不去，这真的是个问题。

就算为了儿子铁蛋的学费去一次吧。只需一次，儿子铁蛋的学费就再也不用发愁了。阿艺悲壮地想，感觉自己的形象好像不再猥琐了。

三

阿艺看见马贩子门儿清和黄包车夫憨子与他一起出现在跑马厅的时候，就知道他俩也是为十个大洋来的。

三个人，三个生活的失败者，为了十个大洋，决定将他们受到的羞辱放大给世人看，阿艺很明白他们的选择既无可奈何，又顺理成章。马贩子门儿清说，他的老婆跟人跑了，从此他不再相信人，只相信马。当然他也相信钱。马贩子门儿清相信，如果他有足够多的钱，他的老婆就不会跟别人走了。但是很可惜，作为一个贩马的小贩，门儿清口袋里的钱总是屈指可数。他说："马，其实比人要忠诚。人的世界我看不懂。我惹不起也躲不起。拿下这十个大洋，我就离开上海，去一个无人认识的地方，过一天算一天，直到十个大洋用完为止。"

马贩子门儿清的话语不仅充满了生活失败者的气息，也充满了寻死者的气息。阿艺本来想安慰他的，跟他说一些“好死不如赖活着”的道理，但阿艺很快就打消了做思想工作的念头。因为他发现，自己和马贩子门儿清之间，谁也拯救不了谁。

黄包车夫憨子也是生活的失败者。憨子来自苏北农村，若干年前就来上海滩拉黄包车了。憨子的理想是在这座城市里有辆自己的黄包车。为了这个理想，憨子省吃俭用、忍饥挨饿，终于用三年时间凑够钱买了辆黄包车。但是淞沪会战打响后，憨子的黄包车被日本飞机的炸弹炸成了碎片，憨子又开始拉别人的黄包车来谋生了。憨子对日本人其实没什么恨，他只怪自己运气不好，没躲开那颗毁了他理想的炸弹。憨子为此去城隍庙上香，求菩萨保佑他能赚到买下一辆黄包车的钱。最关键的是，憨子还求菩萨保佑他离子弹、炮弹什么的远一点。憨子必须要活着才能赚到买下一辆黄包车的钱，另外，即便赚到了，有了自己新的黄包车，憨子也想远离子弹、炮弹——他从苏北农村来上海滩干什么？就是要过上好日子啊。那么谁能让他过上好日子呢？憨子以为，除了菩萨，别无他选。

很快，憨子感觉自己求菩萨是求对了。因为求完菩萨，刚出城隍庙，他就被日军拉到了跑马厅。憨子起初以为自己大祸临头，但是当那个军官笑眯眯地告诉他，要给他十个大洋，只需输一场赛马时，憨子恨不得自己就变成那匹跑不快的马，输给日本人看。憨子记得他那辆毁于战火的黄包车是花了三个大洋买来的。现在日军军官说要给他十个大洋，憨子幸福得一下子眩晕了。十个大洋！他可以买三辆黄包车了，还多出一个大洋！憨子怕自己是在做梦，狠狠地掐了掐自己的大腿，发现乌青了一片，疼得很——他终于相信，城隍庙的菩萨在保佑他了！

松下太郎给这三个男人牵来了一匹马。这是一匹个头很小的马，才一米五，走路一跛一跛的，喘个不停。很明显，它的脚骨折了。阿艺明白，这是松下太郎送给他们的赛马，一匹注定失败的马和三个已然失败的男人，可谓绝配。阿艺想，就这样吧，还能怎么样呢？生活无非是逆来顺受。但是马贩子门儿清的眼神却有些不对。他像看到稀世珍宝一样，连呼吸都粗重了起来。

汗血宝马！马贩子门儿清脱口而出。松下太郎看着他，像找到识货之人一般，欣慰地笑了。松下太郎说："这是一场绝对公平的比赛，我现在为中国赛手准备的，就是传说中的汗血宝马！我是真心希望中国人赢，起码不要输得太难看。'大东亚共荣圈'，需要'共荣共赢'。所以这场三局两胜制的比赛，理想的比分应该是二比一。我相信大日本帝国会胜，届时冠军得主每人会赢得一百个大洋，输的一方，每人也会赢得十个大洋。不过前提条件是不能输得太难看，如果〇比三败北的话，十个大洋也就没了。因为大日本帝国看不起没有一点实力的对手。”

阿艺突然感觉有什么地方不对头了。松下太郎上次一字一顿地告诉他：十个大洋的辛苦费，是赛马输方的辛苦费，只要阿艺参加了，走个过场，这笔钱就是他的了。现在这是怎么了？输也必须按照日本人的方式来输，不能输得太难看，要配合“大东亚共荣圈”的需要来输，所以松下太郎给他们牵来了一匹汗血宝马，不过又瘸了一条腿，用意其实很明显：有赢一局的可能性，但根本不可能赢上两局。因为这匹汗血宝马，赛完一局之后就彻底废了。就像他们三个男人一样，被利用完一次之后，也彻底废了——在国人心目中，他们会不会与汉奸画上等号呢？

阿艺气血为之上涌。他本来为了妻子菜包子对大洋的渴望，为了儿子铁蛋的学费，甚至为了自己乐趣仅存的夫妻生活，决定向生活妥协一把，做一回为他人脸上贴金的事情。但是日本人也实在太侮辱人了——要按照他们的方式去输，输得让他们赏心悦目，阿艺觉得，这十个大洋，不要也罢。

阿艺严正地向松下太郎表示，他要退赛。松下太郎沉吟不语。他没想到阿艺这个时候向他来这一手。因为松下太郎觉得，十个大洋对一个中国人来说，是有足够吸引力的。哪怕输掉自己的名誉，也是值得的。至于〇比三败北还是一比二失利，那完全应该由他说了算。松下太郎认为，他们的交易很公平。

至于阿艺现在临时退赛，松下太郎感觉到的却是一种挑战。这个拉二胡的艺人，太把自己当回事了。他当然也喜欢艺术，甚至还喜欢阿艺身上那点桀骜不驯的味道，但他不喜欢阿艺对他的挑战。他微微往后退了半步，身后的两个宪兵马上心领神会，冲上前去将刺刀对准了阿艺的脖子。

马贩子门儿清忙上前圆场，代表三个人向松下太郎表示："决不退赛，坚决按太君说的办。"马贩子门儿清的话说得圆滑而得体，让松下太郎的气为之一消。但是他不确定马贩子门儿清能不能代表三个人，就让憨子和阿艺分别表态。憨子关心十个大洋是否能到手，至于多少比分，他也无所谓。他这个时候十分佩服门儿清的口才，说起话来果然门儿清，跟着他干，十个大洋没问题。憨子向松下太郎表示，他也决不退赛，赚十个大洋可不敢偷懒，一定会使上劲，让汗血宝马跑得快快的，不输东洋大马。

马贩子门儿清忙制止了憨子的自由发挥，跟他说口才不好说两句就得了，意思大家都明白。松下太郎虚虚地看向憨子，对这个人并不重视。嗯，他就是个跟班的角色，不重要，重要的是阿艺还没有表态。这个拉二胡的落魄男人，好像对十个大洋并不在乎。这点让松下太郎感到意外。他见过一些爱财如命、麻木不仁的中国人，不要说十个大洋，为了一个大洋也能奴颜婢膝。但阿艺好像不一样。他视金钱如粪土，又或者，心里有底线在。松下太郎想搞明白，阿艺的底线到底是什么。他让阿艺明确表态。

在马贩子门儿清恨铁不成钢的眼神下，同时也是在憨子对十个大洋的渴望眼神下，阿艺开始明确表态。他说，他也不是坚决要求退赛，比赛他可以参加，但应该不设前提条件。他要自己找马与日方比赛，输了不要一个子儿，赢了，他们三个人每人拿走一百大洋！一局定输赢。不答应这一条，他就退赛。

马贩子门儿清的眼神绝望了。他娘的，这个拉二胡的穷酸男人，就是拎不清。放着稳稳当当的十个大洋不挣，却想去赚根本不可能得到的一百个大洋，这不是脑袋被驴踢了吗？关键是，阿艺这么一搞，会彻底激怒松下太郎。马贩子门儿清感觉十个大洋正在离他而去。他想圆场，却发现圆场毫无意义。如果阿艺的态度不改变的话，必将祸及于他。

松下太郎却意外地笑了。他仿佛很赞赏阿艺的提议，说这正是受惠于“大东亚共荣圈”之后中国人生机勃勃的表现。很好，很自信，很有血性。从现在开始，他对赛马的结果不预设比分。就按阿艺所说，赢了，每人拿走一百大洋，输了，不仅得不到一个子儿，还要把命留下！

“另外，还有一个前提条件，你们不能自己找马，必须用这匹瘸了腿的马参赛。”松下太郎最后如是说道。

松下太郎离开之后，三个男人开始互相埋怨，指责对方把事情搞砸了。

火最大的当然是马贩子门儿清。他指责阿艺的脑袋不仅被驴踢了，也被马踢了。现在好了，十个大洋烟消云散不说，还要搭上身家性命。门儿清说，他老婆跟人跑了，从此他不再相信人只相信马，这一点现在看，绝对是真理。马不会害人，人却会害人，他现在就被阿艺这个脑子拎不清的害了。憨子够憨了，没想到阿艺比憨子还憨，到手的大洋都能给踢飞了。

阿艺也纠结不已。他宣布退赛或者赛马不设前提条件，代表的只是他自己。他可以不要十个大洋，却无意让其他两人的十个大洋生变。现在看来，自己的的确确连累了门儿清和憨子。阿艺想找松下太郎再做解释，却被门儿清一把拉住。门儿清实在是怕了这个脑子里不知道在想些什么东西的家伙。他仿佛刚刚明白过来，三人小组，只能有一个声音，一个鼻孔里出气。人多嘴就杂，嘴杂了就容易坏事。憨子嘴笨，不行，阿艺虽然说话利索，但是太过耿介，一不留神就把三个人的利益弄没了。门儿清感叹，世界是需要聪明人的，聪明人可以把坏事变成好事，而愚笨的人会把好事变成坏事。门儿清绝望地看着阿艺和憨子，觉得他们一个愚，一个笨，自己要被他们害死了。

这天后来的气氛变得越来越诡异。阿艺坚信，任何事只要不抛弃不放弃，就都有希望。他给门儿清和憨子打气，同时也是给自己打气。局面的确很严峻，一点胜算都没有。赛马过段时间就要开始，汗血宝马如果上不了场，他们三个人自动被判负，人头落地可谓指日可待。即便汗血宝马能上场，赢不了东洋大马，他们的性命也将不保。门儿清给阿艺分析他们可能面临的结局，阿艺也吓得后背冷汗涔涔，但最要命的是门儿清指出了另外一个事实——这匹瘸了腿的马看上去不像汗血宝马，起码不是纯种的汗血宝马，而像是杂交的。

门儿清说："纯种的汗血宝马虽然体高通常只有一米五左右，但头细颈高，四肢修长，步伐轻灵优雅。一句话，它有高雅的气质。我贩马多年，纯种的汗血宝马只见过一次，但就那一次，让我这辈子都忘不了。汗血宝马有两大绝，一是能跑。都说汗血宝马能够'日行千里，夜行八百'，这可不是吹的。一般的马一天最多跑一百五十公里左右，打死也不过二百多公里。汗血宝马怎么跑的，我师父说，他见过一匹汗血宝马，八十四天跑了四万三千公里。他娘的，怎么累不死！汗血宝马另一绝是跑得快，你们知道纯种汗血宝马在平地上跑一公里需要多少时间吗？一分钟，抽支烟的工夫都不要。你们再看看这个瘸了腿的杂种，不要说一分来钟时间，我就问，它能跑完一公里吗？”

憨子已经听傻了。他喃喃自语：“我不和你们这些聪明人玩了。你们一个比一个有主意，一个比一个能看到将来。我傻乎乎地跟在你们后面，开始以为有三辆黄包车会从天上掉下来，后来以为有三十三辆黄包车会从天上掉下来，现在才知道，掉下来的不是黄包车，是刀子。我只想问问两位聪明人，我的命能不能保住？这赛马我不玩了，我要回家，回家挣我的辛苦钱去！你们告诉我，我能不能回家？”

门儿清气急败坏了：“憨子，我不是聪明人，我他娘的也是憨子。你眼前的聪明人只有一个，那就是阿艺。我们都被阿艺这个聪明人算计了。我们都成了憨子。你问我命能不能保住？我不知道，你得问阿艺去！祸是他闯的，他得对我们负责！”

“命当然能保住！你们这么气急败坏干什么？有用吗？不错，祸是我闯的，我肯定负责到底！其实，我就是不闯祸，我们仨也在劫难逃。按松下太郎的说法，这匹瘸了腿的马，要一比二输给东洋马。人憋屈，马也跟着憋屈。我们人可以为了十个大洋，奴颜婢膝地活着，但是你们问问这匹马，能吗?！是，它是一匹杂交的汗血宝马，可即便是杂交的，也是高贵的马吧！你们要它输，它听你们的吗?！嗯，都这样了，兄弟们不妨痛痛快快玩一把！说不定，真能拿走那一百大洋呢……”阿艺将这一番话说得荡气回肠。

门儿清却不相信，他冷笑说：“做梦吧。东洋大马训练得好，比赛经验又丰富。我们呢？要驯马师没驯马师，要骑师没骑师。三个歪瓜裂枣，怎么赢?”

阿艺突发奇想：“我当骑师，憨子当驯马师，你负责治好马腿就行！三个臭皮匠赛过诸葛亮，这事怎么都能成……”

门儿清：“开玩笑，你想让我当兽医啊？我就一马贩子，怎么治好马腿？再说你当骑师，憨子当驯马师，可能吗？憨子能把自己驯好就不错了，还驯马？至于你，阿艺，骨瘦如柴的，骑在马上，不会被风吹走吧?”

阿艺鼓励：“憨子当驯马师，会是世界上最好的驯马师。因为你驯的不是马，是人，是你自己。马通人性，马会明白憨子的想法，一定会成全你的。我当骑师，肯定也不差。在赛场上与东洋马赛跑，我们的马一定能跑赢它!”

门儿清忍不住了：“你们都疯了，完全疯了！我还要陪你们玩吗?”

阿艺苦口婆心:“门儿清，其实，退不出去了。这是三人游戏。我们是三人小组，无论谁出局三人都得死。三个人绑在一起，才有可能活。你这么聪明的人，还要我教你吗?”

门儿清无可奈何:“唉，你们啊，都疯了，我也疯了算了。这哪是三人游戏，这是疯子游戏!一点胜算都没有。好吧，老子从今天开始，就当一个兽医，先把这匹瘸了腿的马，整利索了。至于它怎么跑，跑多快，就交给你们两个疯子去折腾吧……唉，疯了疯了，全都疯了……”

四

门儿清的师父刘半眼只看了那匹汗血宝马半眼，就对正在鼓捣着给马接腿的门儿清说:“别瞎折腾，这马，废了。”

刘半眼精通相马。别的相马师相马至少要看一眼，他看半眼就成。所谓眼角瞄一下，就知好不好。刘半眼曾经想把门儿清培养成一个相马师，语重心长地对他说:“贩马这一行，做到底，也就是个小贩，但相马就不一样了。相马好比相人，所谓识人心，观世事，很多事是一通百通的。做马的伯乐其实跟做人的伯乐一样，都是一种成全。世上事，成全最难。”

刘半眼会背马行里早已经失传多年的伯乐《相马经》，他见门儿清为人机灵，想传授给他，门儿清却心不在焉，念了好多遍，就是背不下来。这一回，趁着门儿清请他过来给瘸了腿的汗血宝马掌掌眼，刘半眼又开始抑扬顿挫地念开了："三十二相眼为先，次观头面要方圆……"

门儿清无心听他开念这个让人听得云里雾里的《相马经》，也听不懂。他只着急于刘半眼说的"这马废了"到底是什么意思，刘半眼直截了当地告诉他："所谓废了，就是腿骨接不接都一个样。接上了也跑不快。名义上它是汗血宝马，可要说跑起来，真不如一匹寻常马跑得快。"

被师父这么一说，门儿清突然泄了气。他仿佛又清醒过来，他们三人小组，正在做一项不可能完成的任务——靠一匹瘸了腿的杂种马，去战胜东洋大马。可能吗？刘半眼像是看透了他的心思，悠悠道：

"世上事，不义之财不能求啊。门儿清，你为了一百大洋，真的要去做针眼里钻骆驼的蠢事吗？要说平时，你事事聪明，又为啥在这件事上糊涂了呢？门儿清啊，你我都是贩马之人，吃的什么饭？马饭啊……这赛马看上去也与马有关，却不是你应该吃的马饭。你要明白，它比的是马，赛的是人，赌的是日本人的面子啊。门儿清，现在你老婆跑了，好歹性命还在；你要去赛马，那可是连自己的性命都要没了的……悬崖勒马，为时未晚啊，门儿清!”

“那阿艺和憨子怎么办？我如果退赛，他们死定了。”

“你怎么还这么糊涂呢？不管退不退赛，他们都死定了!这是个死局，没看出来吗？门儿清!”

阿艺是通过林文之口才得知门儿清和那匹瘸了腿的汗血宝马突然人间蒸发的。

每个人其实都有生活中的知音，阿艺也不例外。阿艺在上海街头拉《寒春风曲》的时候，听者寥寥。也因此，阿艺的二胡独奏更多时候是拉给自己听的。他很陶醉于这样的时刻，因为很纯粹，很圣洁。夕阳的余晖洒在他瘦削的脸庞上，让阿艺很有一种天地万物浑然一体的感觉。他的二胡拉得如泣如诉。林文就是在这样的时刻走进阿艺的世界的。他驻足聆听，并不打扰这个忧伤的年轻人。

林文是《海上观察》报馆的总编。从外表上看，他风轻云淡，就是一个走过世间光阴的普通老人，但很少有人知道，他十八岁时就中了光绪甲辰进士，之后又东渡日本留学，辛亥革命后投身新闻界，并很快成为著名报人。但是，当时的中国正风云变幻，各种势力都想利用他的名声。林文虽有独立之人格，但在强大的压力下也常常难以支撑。林文后来回忆，特别使他后悔莫及的一件事是他在袁世凯称帝时，受命不得不作了一篇似是而非的赞扬帝制的文章。此为人生之污点啊，痛何如哉！此后林文逃离北京，隐居于上海。

所谓暮年船上听雨，听的不是雨，而是人生心境。林文驻足聆听《寒春风曲》的时候，诧异于阿艺年纪尚轻，竟有如此悲天悯人的情怀。他感觉自己和他，应该是艺术上的知音。也因此，他往阿艺破碗里扔的钱，比一般人多得多。

阿艺很快注意到了这个出手阔绰的老年人。但他并没有因为对方出手阔绰而对他点头哈腰，只是淡淡地致意，继续拉他的《寒春风曲》，这让林文对他反添了一层尊重。两人的交往不卑不亢、不深不浅，就像战时上海无数擦肩而过的路人，可能并不相识，但因为命运相同，彼此间的眼神，便多了一层悲悯和惺惺相惜。

林文是在阿艺收摊的某个黄昏才知道，这个潦倒的男人，再过一段时间，就要和日本人进行一场赛马了。从新闻人的角度来说，林文感觉这是个极好的新闻——日军为了粉饰太平，举行所谓新春赛马，《海上观察》可以报道并揭露它。但是具体到阿艺个人，林文又感觉这是一场悲剧。

因为他担心阿艺不能全身而退。当松下太郎指定那匹瘸了腿的马和日军的东洋大马比赛时，林文便察觉这是个阴谋。阿艺等三个人，注定是牺牲品了。从艺术知音的角度来讲，林文还希望他每天上下班路过上海的街头时，能够继续听到阿艺的二胡声；但从新闻报道的价值来说，林文又需要这样一场比赛来填充报纸的版面。这大约就是两难吧。

逸之在这点上和林文的看法不一样。逸之是报馆编辑部主任。自从得知赛马的新闻后，逸之就主张全方位地连续报道。他激情洋溢地对林文说："新闻的价值在于新闻背后的新闻。松下太郎指定那匹瘸了腿的马和日军的东洋大马比赛，就是个极好的新闻点。阿艺、门儿清、憨子这三个底层民众被当作炮灰选中，他们是什么反应，恰恰是战时上海中国民众普遍心理的一个缩影。尤其值得关注的是阿艺。他放弃唾手可得的十个大洋，训练瘸腿的汗血宝马与日军的东洋大马做殊死一搏，这是什么精神？中国人的血性啊！我们报馆全力跟进，深挖新闻背后新闻当事人的微妙心态，做长达月余的连续报道，或可鼓舞国人意志。"

逸之说得激情洋溢，林文看上去却审慎得多。在被日本人占领的上海，他林文开了一家报馆，首先考虑的还是生存问题。日本人对报纸进行新闻审查，一旦出现敏感内容，报馆解散是小事，弄不好还有性命之忧。林文虽然忏悔自己过去的首鼠两端，但也不意味着他从此之后就初生牛犊不怕虎了——因为他早已不是初生牛犊了。他得老成持重，委曲求全，才能在夹缝中生存。而逸之的激情洋溢，在他看来恰恰是不成熟的表现。林文对逸之说："报馆面对报道对象要冷静客观，不做评论。做长达月余的连续报道没有问题，关键是要把握度，不要让日本的新闻审查官看出我们的倾向性来。"

当然，对于林文和逸之的新闻报道差异性问题，阿艺是一无所知的。他不关心这个。他只关心赛马。门儿清领着瘸腿的汗血宝马回家治疗时，阿艺还是感觉事情正有条不紊地朝着他预估的方向发展的。过段时间，马腿治好了，他和憨子开始接手训练。他当骑师，憨子当驯马师，阿艺相信他一定会让汗血宝马越跑越快的。当然他也做好了从马背上一次次摔下来被摔得鼻青脸肿的心理准备。关于肉体的苦痛，阿艺其实并不在乎。他难受的是精神上的委屈。像风一样自由，哪怕一次次在风中遍体鳞伤，阿艺想象着那其实也是蛮有快感的事情。直到林文吞吞吐吐地告诉他，门儿清和那匹瘸了腿的汗血宝马突然人间蒸发了。

林文是在聚精会神地听阿艺拉完《寒春风曲》之后，才颇为冷静地告诉阿艺此事的。阿艺乍一听，并不相信这是真的。在他看来，门儿清虽然处事精明，但是答应下来的事情，应该不会出尔反尔。何况这不是门儿清一个人的事情，而是他们三个人的事。这是死局，三个人的死局。现在需要的是三个人都做出自己的殊死努力，然后去寻求那万分之一的解套可能。可门儿清临阵脱逃，怎么可能呢？他不是自找死路吗？日本人怎么可能放过他？阿艺心里怎么也想不通。

林文当然明白阿艺的心理，也明白门儿清突然人间蒸发的心理。其实从新闻报道的角度来讲，这正是底层民众面对祸从天降时的各种本能反应。林文以为，报馆只需冷静客观地跟踪报道此事即可，但得知消息的逸之却想带着阿艺去找门儿清，林文警告逸之，如果他这么做，就违反了新闻从业人员的职业操守了。

“是报道，不是参与。逸之，始终牢记，你是记者，不是新闻当事人!”

林文最终还是支持了逸之的做法，帮助阿艺去寻找失踪的门儿清。只是他们不知道，松下太郎同时也在追查门儿清的行踪。赛马即将举行，任何破坏赛马的行为在松下太郎看来都是不合作行动，是决不能容许的。松下太郎希望他选中的三个人对他忠诚，或者说对大日本帝国忠诚。门儿清临阵脱逃，松下太郎认为这是不忠诚的表现。

但是门儿清真像人间蒸发了一般，不仅阿艺、逸之找不到，松下太郎派出的几路人马，也查找不到门儿清的半点踪迹。这让松下太郎很是心慌，他担心这个看上去八面玲珑的中国人像泥鳅一样溜出了上海，如果是这样，那匹瘸了腿的汗血宝马就很可能被处理掉了。松下太郎下令，立即抓捕阿艺和憨子，逼他们交代门儿清的行踪。

门儿清是在一个下着细雨的黄昏主动出现在大家面前的。他的身后，是那匹瘸了腿的汗血宝马。

“不瘸了。治好了。”门儿清的话语里有些疲惫，仿佛这段消失的时间，他为了治马腿，耗尽了所有的精力。

松下太郎脸色阴郁地盯着他，又转过头阴郁地盯着那匹马。那匹汗血宝马现在看上去真的不瘸了。

“八嘎呀路！”松下太郎猛地一个巴掌狠狠地甩向门儿清，皮肉清脆的撞击声让汗血宝马情不自禁地打了一个响鼻，还连连后退了两步。

“这不是那匹马！”松下太郎一脸怀疑。

“太君，真的是那匹马呀！我找了个高手，民间高手，把它的腿治好了。”门儿清看上去一脸真诚。

“高手在哪里？”

“高手，高手在民间……”

“在哪里？”

“高手不肯轻易出来，我们中国有句话，神龙见首不见尾。”

松下太郎不理门儿清的辩解。他只是围着马转，试图看出破绽来。但这匹马从外观上看，与那匹瘸了腿的汗血宝马一模一样。松下太郎突然出手去捏马腿断骨处，马却安之若素。

松下太郎悻悻地走了。马响亮地打了个响鼻，神态悠然。

阿艺问门儿清为什么走，又为什么回来。门儿清说为了兄弟情深。

“走是容易的，回来却难。”门儿清说他们现在是三人小组，自己其实没想走，真的是治马腿去了。门儿清动情地向阿艺、憨子二人描述桃园三结义，以及宋江和他一百零七个兄弟不离不弃的故事，从一个侧面说明他其实就是宋江这样的人。

最开心的无疑是憨子了。门儿清归来，他的处境安全了。另外汗血宝马的腿治好了，赛马夺金有望，憨子感觉一百大洋简直是唾手可得。他几乎飘飘然了。

阿艺却居安思危。因为他想到了一个问题。汗血宝马现在腿已不瘸，松下太郎肯定是不希望它强过东洋大马的。赛马要是输了，日本人的脸面何在？所以现在关键的问题是要保护汗血宝马的安全，防止松下太郎另有所图。

门儿清却听得心不在焉。他看上去有些神情恍惚。

此后的日子里，门儿清显得有些神出鬼没。

人虽然回来了，心却不在赛马上。阿艺有一次居然发现，门儿清有意无意在跟踪松下太郎，幸亏后者没有发现。

他，究竟怎么回事？

“你有问题。”

阿艺找门儿清开诚布公地谈话。

门儿清却否认有问题，自己还是从前那个门儿清。

“变了。”

“变在哪里？”

“脸色。”

阿艺说，他从一本古书上看见过这样一段话：血勇（小勇）之人面赤，骨勇（中勇）之人面白，而神勇之人面不改色！门儿清从以前的咋咋呼呼变成现在的面不改色，其中必有缘故。

“无稽之谈。”门儿清哈哈大笑。

阿艺却没有被门儿清的打哈哈蒙混过去，他开始分析门儿清最近以来在脚步方面的细微变化——门儿清以前走路时轻松自如，现在却步履凝重，特别是在不安全的环境中。阿艺点出了一个人的名字，松下太郎。阿艺说门儿清面对此人时表现尤甚。

“还有，你这个小瓶子是哪里来的？里面装的又是什么?”

阿艺从门儿清的床底下拿出一个密闭的玻璃罐，里面约有半瓶“水”。

“只是半瓶水，夜里口渴了喝一点。”门儿清解释道。

“那你现在喝一口给我看看。”

……

“不敢了吧？这只能说明，玻璃罐里装的根本就不是水。”

“不是水又是什么?”

……

阿艺把玻璃罐的塞子打开：“放几天吧。等水干了你就明白是什么东西了。”

阿艺把玻璃罐重新放回床底下。门儿清赶快上前取出来，哆哆嗦嗦地把塞子塞回去，一副惊魂未定的表情。

事实上那是一个液体炸弹。虽然阿艺不清楚它的具体成分，但他的步步逼问，让门儿清不得不交代自己已经和军统走得很近了。马，是军统的军医给治的；而门儿清还算专业的跟踪术，是军统短时间内给突击培训出来的。

“对了，关于那个液体炸弹，”门儿清惊魂未定地说，“军统的人说了，碘加氨溶液会生成碘化氮，在杯子里加入这种溶液，湿润的时候没什么危险，可是一旦干燥，它的敏感度超过炸药，一有风吹草动，马上引起爆炸。”

这是一个非常普通的上海之夜。黄浦江和苏州河各自流淌着。阿艺和他的结拜兄弟门儿清相对无言，却是各怀心事。门儿清说，这次之所以冒死回来，坦白说是为了钱或者说赏金。军统为他的这次暗杀开出了一千大洋的赏金。但他还是相信桃园三结义的。他愿意将这份赏金与弟兄们分享。

“当然，我必须拿大头。这个没商量。”门儿清最后补充道。

五

憨子第一次没有见钱眼开，因为他感觉到了巨大的恐惧。

憨子所能想象到的最大数目的钱是一百大洋。当门儿清告诉他只要参与暗杀行动，他就有权瓜分一千大洋时，憨子本能地想到了一个词：脑袋搬家。

憨子觉得，事情变得越来越复杂了。复杂得超出了他所能控制的范围。事实上，憨子认为自己真正能控制的事情是输掉赛马，心安理得地拿走日本人赏给他的十块大洋。当阿艺鼓动他赢得赛马，去赚那想象中的一百大洋时，憨子觉得事情稍微有些失控了。真赢了赛马，日本人会给一百大洋的赏金吗？或者说拿到赏金之后，自己的性命还在不在？

不过，尽管有些不确定，憨子还是愿意赌一把。因为，这是一种刺激。毕竟作为一个穷光蛋，一夜暴富差不多是种本能的渴望了。

但是要暗杀松下太郎，去赚那几辈子都赚不来的一千大洋，憨子感觉这绝对是个危险的游戏。那是要把命押上，最终很可能没福享受巨额赏金的。憨子想退出了。

但是三人小组已经成形。门儿清现在看他的眼神都不对了。在搞结拜仪式时，门儿清恶狠狠地威胁他，说自己是“军”字号的人了，憨子要是敢反水，去告密，军统的几百号兄弟就会把他射成马蜂窝。憨子连忙带哭腔地保证，说自己一定守口如瓶，绝不出卖组织秘密。

“屁组织，就我们三兄弟的事。军统跟我们有一个铜板的关系吗？也就一千大洋的关系。我们兄弟三人，舍命拿了这笔钱，马上逃出这鸟上海去，找一个天高皇帝远的地方，快活逍遥！”门儿清说得慷慨激昂。

憨子傻傻地问：“那我们还驯马吗？还是现在开始训练怎么杀人？”

门儿清笑了：“你驯你的马，杀人？你杀过人吗？杀人有我。”

门儿清看了一眼阿艺。阿艺想了一下，想说什么，却什么也没说。

鸿德堂是1925年由美北长老会和中国教徒捐资兴建的。松下太郎每次路过教堂外那条大马路时，总能看到成群的白色鸽子从教堂黄颜色的屋顶活泼泼地飞起，翱翔在湛蓝的天空下。松下太郎眯起眼睛，看见太阳温煦地照耀着大上海。他再一次确认，生活是美好的。

战后上海的生活是美好的。

但最近几次，松下太郎感觉情况有些异样。似乎有个影子在自己身后挥之不去。

有一次，松下太郎在报摊假装买一份《申报》，斜眼看后方时，跟踪者不见了。松下太郎断定，对方将自己隐藏在某个弄堂里，这让他进一步判断，这是一个专业的跟踪者。

还有一次，为了找出真正的跟踪者，松下太郎在巨泼莱斯路先是顺着人群走，紧接着突然逆人群而走，以此观察是谁在跟踪自己。但是一切毫无异样。

最终，松下太郎还是找出了跟踪者。他在同福里弄堂口快速行走时，故意不小心掉了一个文件袋，然后迅速躲进弄堂里，看尾随者会不会上前去捡。彼时天近黄昏，弄堂口进进出出的人员繁杂。松下太郎一个眨眼之际，文件袋就不见了。

他赶忙跑出来四处张望，朦朦胧胧间，看见一个落魄男子正往怀里塞着什么东西，样子很像文件袋。而那个落魄男子的背影看上去很像门儿清。

怎么是他？松下太郎想再看仔细一些，落魄男子已经消失不见了。

究竟是不是那个马贩子门儿清呢？处在巨大的人流旋涡里，这个疑心重重的日本军官一会儿肯定，一会儿否定，难以定夺。

董经营又来找阿艺了。

这次他的态度毕恭毕敬。语气、称呼完全不像是哥哥对弟弟，而是弟弟对哥哥。

因为他遇到了一个难题。董经营对阿艺说，他们76号行动队在追捕一个要犯，一个卧底在追捕过程中负伤。等他们赶到时，要犯已经从房间里逃跑，奄奄一息的卧底告诉他们，要犯是从秘密地道逃走的，还说开关是米勒什么的。董经营脑子里一团糨糊，想到阿艺是神人，就过来向他讨教讨教。

董经营其实完全不知道，他的亲弟弟，已经和军统沾上边，即将押上身家性命，去刺杀日本人了。他将阿艺拉到追捕现场——要犯脱逃的房间里。

这是一座欧式楼房，坐南朝北，清水砖墙，大筒瓦顶，菲律宾木地板、木楼梯、三槽窗和挂镜线。天花板为圆形灯光灰线和方框灰线。室内装修豪华，墙上挂着一幅法国著名画家米勒的油画《播种者》，油画下方是一架名贵钢琴，看得出主人的社会地位和财力都非同一般。

“逃犯是市政府方副市长的秘书。”董经营用手指向床底，示意阿艺往下面看。阿艺发现有一块板子，很有可能人就是从那儿逃走的。董经营说：“我们的卧底临死前只说了这么一句话——‘掀……板……开关……米……勒……’不知道是什么意思。”

阿艺尝试钻到床底，想要掀开板子，但是他使尽力气，就是打不开。

“开关……米勒……他是否在说开关设在米勒那幅画的后面？”董经营自言自语。阿艺把目光投向米勒的《播种者》。只见麦田里的播种者正大步向前，挥动手臂，撒播着种子。这可能是一幅复制品，只不过阿艺此刻关心的并不是油画的真伪问题，他走到钢琴旁，把油画拿下来，仔细看粉刷得雪白的墙壁，左看右看，就是找不到开关。

“秘密地道的开关，究竟装在哪儿呢？”

阿艺的手支在钢琴上，钢琴键发出清脆的声音。他灵光一闪，直接按下钢琴上C调mi（3）和re（2）两个键，神奇的事情发生了——秘密地道的门缓缓打开了。这个秘密地道，直通后巷的下水道，看来要犯是顺着下水道逃走的。

董经营也恍然大悟，原来垂死的卧底所说的“米勒”，并不是指米勒的画，而是钢琴上的两个音节。随即，他命令手下循踪追捕，最终抓获了逃犯——市政府方副市长的秘书“麻雀”。

在庆功宴上，董经营将阿艺奉为上宾，带领特务科的兄弟们三番五次敬他酒。喝醉了的董经营不断地拍阿艺肩膀，大着舌头说：“亲弟弟哎，你给哥哥我立一大功了。不来76号真是太可惜了，埋没人才呀。你知道麻雀是谁吗？他是共党要犯，我们抓捕了很久都不能归案，弟弟你一出手，他就插翅难逃。你呀，神了你，是共党克星啊我的亲弟弟哎……”

阿艺突然感觉有什么地方不对劲。自己无意间的一个举动，好像破坏了他一向的做人原则——不介入政治，不介入组织之争，只做一个街头艺术家，做一个逍遥派。尽管他对共产党组织不了解，但这并不意味着自己可以助纣为虐，帮76号做事。

他拒绝了哥哥董经营的敬酒，开始显得有些心事重重。

憨子遭遇了心理战。

在松下太郎安排的密室里，憨子受到了礼遇。当然松下太郎礼遇他的目的是让他说出门儿清的秘密。

憨子其实并不了解门儿清的所谓秘密。松下太郎说，和门儿清有关的一切，都是秘密。特别是，他带马回来后，与以往不同的地方。

憨子想来想去，想到了那个门儿清藏在床底下的玻璃罐子，以及阿艺所说的"军统""一千大洋"等字眼。

但他不会将这些秘密说出去。不仅是因为门儿清突然给了他和阿艺每人二十大洋，还因为他们三人已经搞过结拜仪式了。憨子理解，这就是结拜兄弟，而兄弟是不可以拿来出卖的。

虽然在内心深处，憨子并不认可门儿清是他大哥，更没有把他当亲哥哥。憨子有两个亲哥，在苏北农村与老娘生活在一起。憨子觉得，他的两个亲哥是替自己尽孝了。他想多赚些钱，一方面满足自己的城市梦想，准确地说是有自己的黄包车的梦想，另一方面也接济家里。

所以当松下太郎一步步诱导他时，憨子还是认定自己和门儿清、阿艺是捆在一起的。为了赚取军统许诺的奖金，他决定守口如瓶。

"一百大洋。"

松下太郎对他开出了价码，条件是憨子必须说出门儿清的秘密。憨子沉默，他想象着自己和门儿清、阿艺一起瓜分军统给出的一千大洋的幸福图景，对松下太郎开出的价码不屑一顾。

“三百大洋。”

憨子还是不屑一顾。

“五百大洋。”

憨子有些吃惊了。他不明白松下太郎为什么对门儿清的秘密如此重视——那个玻璃罐子，真的值这么多钱吗？

但憨子还是守口如瓶。他不是不需要五百大洋，只是觉得，“桃园三结义”是一个多么美好而温馨的词语。刘关张三人义结金兰，后来成就了那么多事情，以至于憨子想想就激动。当然，他和门儿清、阿艺的“马厩三结义”没那么神圣，无非是共守秘密，共同行动，最终心安理得地瓜分一千大洋。

当然，要说神圣，其实也有一点，那就是互不出卖，以命相托。

所以憨子还是拒绝了五百大洋。他觉得自己虽然只是一个朝不保夕的黄包车夫，在这个城市的最底层如蝼蚁一般地生存，但毕竟还有做人的良知。酒精再烈，有些东西还是无法麻醉的。

松下太郎没有继续往上加码，而是彬彬有礼地将憨子送出密室。一切做得如此隐秘而周到，以至于门儿清、阿艺都没有察觉松下太郎对憨子曾经有过一次单独的心理战。

几天之后，憨子又被松下太郎请进密室。这一次，他发现里面除了他们俩，还有三个人。

他的两个亲哥哥以及老娘。

老娘眼睛已经看不见了，听到憨子的说话声，便满心欢喜地上前抚摸他的脸。颤颤巍巍，泣不成声。

两个亲哥哥看上去也憨憨的，一副没见过世面的神情。憨子想，这大约便是遗传吧，自己已经离世的父亲，生前也是三棍子打不出一个闷屁的主。

松下太郎开始提交易条件。提供门儿清的秘密或者说情报，一家人都能活；否则，全家的生命安全就没有保障了。

两个亲哥哥以及老娘根本听不懂松下太郎说的是什么意思，只顾憨憨地笑。憨子却在心里想，他这是威胁，还是要来真的？

还没有想好，枪声响了，大哥毫无防备地倒在松下太郎的枪口下。

二哥和老娘都惊住了，互相抱成一团，瑟瑟发抖。

“不，不要，不能啊……”憨子本能地大叫。

“说还是不说？”松下太郎将枪口对准憨子的二哥，忽而又朝向他老娘，吓得憨子扑通一声跪倒在地上，崩溃了一般说道："我说我说，门儿清的秘密我都告诉太君，他……他有个玻璃炸弹，就藏在床底下。还有，他是军统的人，目的就是在赛马场上刺杀太君您哪……"

六

阿艺的父亲董怀德年轻时是个秀才，晚清秀才——戊戌年十八岁时便中了秀才，阿艺由此推断自己家也是书香门第。

和他父亲董怀德同在石库门光屁股长大的沪生，连考三年才考上秀才。1904年，长得人模狗样的沪生东渡扶桑，进入了早稻田大学攻读数学，后又转入日本明治大学读政治经济学。要论学问，阿艺父亲其实比这个沪生不知道强多少倍，但是当青年董怀德也哭着喊着要去日本开阔眼界时，他父亲也就是阿艺爷爷毅然决然地制止了这个不安分儿子的蠢蠢欲动。而当沪生二十五岁由蔡元培介绍参加革命团体——光复会，后又以光复会会员的身份参加同盟会在东京召开的筹备会议时，阿艺的父亲董怀德正在石库门的祖屋里努力"生产"阿艺——他被安排与一个老实巴交的同福里女子拜堂成亲，开始了传宗接代的"伟大工程"。

科举废除后，新学新风吹进上海滩之前，阿艺的父亲曾经做过一年半时间的私塾先生。那大概是阿艺父亲一生中最为幸福的时光了。当他脑袋后面拖着长长的看上去有些发黄的小辫子向他的弟子们解释“子曰，学而时习之”的意思时，他不知道，他的发小沪生正要断他的生路。沪生参与其中的辛亥革命功成后，新学兴起，阿艺父亲传授《三字经》《论语》《大学》《中庸》《孟子》《诗经》《尚书》的课没了市场，私塾里开始流行学习珠算和英文。这两样阿艺的父亲都不会。但阿艺父亲努力地与时俱进，开始了以白话文而不是文言文为内容和形式的授课与作文，试图挽狂澜于既倒。一次，为了教弟子们写一篇描述雷雨天气产生过程的文章，他亲自写了一段以做示范：

西北起鏖底之云，东南下瓢泼大雨，
那雷矣，那闪矣，那雨下得像箭竿也。
只吓得蚂蚱不能飞，蚰子不能蹦，
何况老扁呆（蚂蚱的一种，行动迟缓）乎？

阿艺父亲的雄文很快得到了石库门男女老少的高度赞扬，觉得亲切动人，生活气息浓。但仅此而已。因为精明的街坊邻居们发现，学好珠算可以帮家里做点小生意，学好英文可以去海外谋一个前程，学好“四书五经”能干什么？不能进京赶考，只能成为阿艺父亲的董怀德，在石库门里绝望地挽狂澜于既倒，可狂澜却不由分说地压倒了他。他是石库门里那个多余的年轻人，从事着一项日薄西山的事业，前途黯淡。这一点街坊邻居都看出来了，阿艺的父亲董怀德也很快感觉到了。特别是家里添了大儿子经营和二儿子阿艺后，他发现自己当一个私塾先生的可能性正在丧失——已经没有人愿意将自己的孩子送给他因材施教了。阿艺父亲很想把《论语》的道理讲给那些自以为是、目光短浅的街坊邻居听，讲给他们的子孙听，但没人愿意听他的。家里最后一点米都没了，他那老实巴交的媳妇和嗷嗷待哺的儿子都将求生的目光投向他，希望从他身上看出米来。阿艺父亲长叹一声，只得拿起他父亲递给他的二胡，上街卖艺去了。董怀德之所以给他大儿子取名董经营，是希望他懂得经营人生，不要像自己那么不开窍。而董经营也果然不负父亲重望，从小就会察言观色，善于取悦对自己有用的人。他之所以能当上76号特务科副科长，应该说完全靠的是自己的天赋，半点都没从父亲那里沾上光。

但董怀德却对自己的大儿子越来越看不上眼。太会钻营了，是条缝就能钻进去，从不让自己吃一点亏。董怀德给自己的小儿子取名董知艺，小名阿艺。事实上，阿艺的人生走向了另外一个极端，直有余而曲不足。看着儿子天天在街头拉《寒春风曲》，董怀德有时怀疑自己，活到六十岁了，是不是一切不要那么非此即彼，非黑即白？有时候，是不是中间地带才是人生的常态？

那天晚上，董怀德第一次看见两个儿子勾肩搭背地进来，脸上都带着酒意。细细一问，才明白阿艺帮董经营破了个案子，抓住了一名共产党的要犯，叫麻雀什么的。董怀德突然就对阿艺大失所望。这不是助纣为虐吗？最重要的是，阿艺和他哥一样，都卷入了政治斗争，而在这个乱哄哄的年代，卷入政治斗争很可能要付出人头落地的代价。董怀德对大儿子已经大失所望了，入世太深，在政治的旋涡里已经无法自拔，由他去吧。但是阿艺，是不可以步他哥后尘的。共产党是什么组织，董怀德不是很清楚。国共合作、赤色暴动，只要事情与董家无涉，董怀德宁可关起门来过自己的日子。但这回阿艺兄弟俩主动去惹了他们，董怀德出于一个父亲的责任，不能不提醒这其中的危险。他警告阿艺必须马上做出补救行动，不要让共产党的地下组织把账算在他头上。因为董怀德不想让自己的小儿子横尸街头，作为一个父亲，如果目睹此景，他会感觉惨绝人寰的。

阿艺也感觉到了事情的严重性。虽然他也不了解共产党是什么组织，只知道那些人神出鬼没，不事声张，但毕竟是抗日的，看上去不像76号那样滥杀无辜。唉，自己一不小心被哥哥利用了一把，现在是到了做出补救行动的时候了。

不为别的，只为问心无愧。

门儿清接头回来后的第二天，发现和他接头的军统特工已经横尸街头了。《申报》报道说，位于巨泼莱斯路上的一个军统联络站被彻底捣毁。

门儿清突然感觉毛骨悚然。因为和他接头的军统特工就来自巨泼莱斯路上的军统联络站，日本人一定是顺藤摸瓜，将他们一网打尽了。军统联络站没有了，门儿清现在很担心军统此前承诺的一千大洋究竟还有没有人发给他。如果一千大洋没有了，刺杀松下太郎的计划还要不要执行呢？或者说，这样的行动还有没有意义？

门儿清第一次开始了人生思考。这个马贩子以前从来都是蝇营狗苟的，为了生计在马与马之间算计，也在人与人之间算计。当然，最终的目的都是为了钱。现在，不仅钱成了问题，自己的性命突然间也成问题了。这个发现让门儿清惴惴不安。日本人肯定发现了自己和军统有染，因为接触过的人都被干掉了。那么，下一个会轮到自己吗？

阿艺不这么想。阿艺分析说，如果日本人顺藤摸瓜，从门儿清这边入手去干掉军统的话，势必先搞清楚缘由再动手——军统要在赛马上做什么文章，门儿清的使命和任务是什么，日本人不可能不问青红皂白就动手杀人……

门儿清心存侥幸："这说明日本人不知道刺杀计划？"

阿艺想了想，又摇头："也没这么简单。死去的军统恰恰是和你刚接完头的，紧接着联络站出事，这一切都不是偶然的。或许，是放长线钓大鱼吧……"

门儿清懊悔不已："唉，要是不贪那一千大洋就好了。人心不足蛇吞象，说的就是我。"

阿艺若有所思："我现在考虑的，是这件事会波及三人小组吗？"

憨子马上尖叫起来："不可能，我们谁都没有出卖机密，日本人怎么知道我们三人小组的事情？！"

门儿清眼睛死死地盯着憨子："你敢发誓你没有出卖吗？"

憨子涨红了脸："当然敢，我又不是见钱眼开的人。"

门儿清："你敢以你老娘和你哥哥的名义发誓没有出卖我们？"

憨子一声不吭。

门儿清一拳打倒憨子："他奶奶的，果然是你小子出卖的！"

憨子挣扎着从地上爬起来，依旧嘴硬："我没有！"

门儿清意欲再打，阿艺突然去床底下找那个玻璃罐子。门儿清不明所以，阿艺自言自语："这是最重要的证据了。日本人如果怀疑你，肯定会动它。"

憨子的心猛地剧烈跳动起来，仿佛自己就要被揭穿一般。

还好，安然无恙。玻璃罐子静静地立在床底下，里面的半罐子液体纹丝不动。

阿艺小心地捧起玻璃罐子，仔细观察，然后又看向盛放玻璃罐子的地面，轻轻摇头。

门儿清期待地看向阿艺，希望他尽快揭晓谜底。

阿艺想了想，一脸轻松的表情："没事了，日本人暂时没怀疑到我们。玻璃罐子没有增加新鲜的陌生指纹，表面上的细灰也是自然形成的，没有抹擦和模糊的地方。最重要的是，盛放玻璃罐子的地面上只有一个清晰的罐底印。你们看——"

阿艺把玻璃罐子小心地放回原处。只见罐底印与玻璃罐子底部严丝合缝，显示玻璃罐子从未被移动过。

门儿清如释重负。他突然拥抱憨子，连说对不起，误会好人、老实人了。

憨子看上去一脸无辜。

阿艺看向憨子，憨子不敢与他对视，眼神有些躲闪。阿艺若无其事地站起来，说："误会消除，三人小组从目前来看还是安全的。我们接下来再看军统还会不会联系门儿清。一句话，大家都是一条船上的。有福同享有难同当，谁也别想偷奸耍滑！"

憨子的脸突然有些红了。

七

世上事真是一地鸡毛啊。

松下太郎阴沉着脸站在位于沪西极司菲尔路北76号的特工总部前，心情极度不爽。共党要犯麻雀竟然能从戒备森严的76号看守室里脱逃，负责看守的警卫大队副大队长铁石在他的办公室兼卧室里畏罪自杀，一切都显得云谲波诡。松下太郎的直觉是76号有内奸，但因为特工总部主任李默群陪同在场，他不便当场发作。一脸尴尬的李默群悻悻然地斥责手下毕忠良，毕忠良转而训斥陪同察看现场的董经营，从而将一场问责表演得情真意切，甚至有些声泪俱下。

极司菲尔路北76号与其东邻74号、马路对面75号均是当年外国人向道台衙门购买土地修建的花园洋房，门牌为公共租界的蓝底白字门牌。上海沦陷之前，此处为安徽省主席陈调元的住宅，有一座洋楼、一座新式平洋房、一座很大的花园。成为特工总部后，建了南北相对的两长条二十余间中式平房，给汪伪国民党中央社会部使用。松下太郎抬头看位于大门明轩东面的那座面对极司菲尔路的瞭望台，冷不丁问：“可以随便进去吗？”

毕忠良点头哈腰：“当然，请，请……”

松下太郎不看毕忠良，继续看瞭望台。李默群沉吟了一下，出语谨慎：“想进大门的人得有淡蓝色的通行证。”

董经营马上上前将自己那本淡蓝色的通行证恭恭敬敬地呈送到松下太郎面前。松下太郎并没有接过来看，只是扫了一眼就抬脚跨进了大门。毕忠良不满地看了董经营一眼，小声嘀咕：“会来事的嘞。”

76号的二门原为西式建筑，后来改为牌楼式。中间是门道，上方匾额系蓝底白字的“天下为公”；左右两间砌为枪眼，架设两挺机枪，作为警备之用。松下太郎看着这戒备森严的样子，心里并不满意。这一次，毕忠良不等松下太郎发问，主动上前将自己那本淡红色的通行证恭恭敬敬地呈送到松下太郎面前：“太君，想进二门的人得有淡红色的通行证。从理论上说，外人想劫走麻雀，绝无可能。”

“这么说，是76号内奸所为？”

毕忠良自知失语，话忙往回收：“76号有无内奸，还请太君明断。”

松下太郎还想再说什么，但看着李默群一脸高深莫测的样子，不复多言。他走向二门之内的东边，沿着南北相对的两长条甬道走，二十余间中式平房一一掠过。众人无声地跟在他身后，气氛一时显得凝重。松下太郎一直走到南边最西端一间——这就是案发现场，警卫大队副大队长铁石的办公室兼卧室。

铁石斜躺在床上，他的手枪掉到了地毯上。太阳穴上的血迹已经凝固了，整个现场看上去没有外力介入的痕迹。

“毕，你怎么看?”松下太郎突然问毕忠良。

毕忠良边想边说：“铁副大队长像是先锁上了门和窗，然后坐在床上向自己开了枪。他朝自己的右侧倒下去，手枪掉到了地毯上。我们现场勘察，发现开门的钥匙在他的背心口袋里。”

“看守室的钥匙呢?”

“挂在墙上。”

松下太郎抬头看墙上的一大串看守室钥匙，若有所思。

“李主任，你怎么看?”松下太郎转头问李默群。

李默群依旧出语谨慎：“不像是自杀。特别是铁副大队长的死与麻雀的脱逃同时发生，太不可思议。不过从这个密闭现场看，凶手没有钥匙，是怎么进来作案杀人的呢？事后，又怎能大摇大摆离开76号？这都是疑点。”

松下太郎难得地笑了："李主任果然是心思缜密之人。麻雀脱逃，必有同党接应，但此案关键在于内奸作乱。没有红蓝两色通行证，凶手如何进得来76号？"

这时松下太郎注意到了窗台上的玫瑰花。狭窄的窗台上，花瓶里的玫瑰花都枯萎凋谢了。在一个男人的房间里，特别是在一个特工总部警卫大队副大队长的办公室兼卧室里出现玫瑰花，让松下太郎感觉不寻常。

松下太郎："铁副大队长是怜香惜玉之人吗？"

毕忠良笑笑："他就是一个大老粗。以前从来不买玫瑰。最近为了追一个三流女明星，买了好大一捧玫瑰送过去。不过那个三流女明星看不上他，铁副大队长只好抱着那捧玫瑰回来了……"

众人哈哈大笑。松下太郎没有笑。他仔细观察窗台及窗台下面的地板、地毯，问："这玫瑰买了多久了？"

毕忠良："大概半个月吧。"

"这房间整个地板都铺了地毯吗？"

"是的，一直铺到了离墙脚很近的地方。"毕忠良回答。

"你们，在地板、窗台或者地毯上有没有发现血迹？"

毕忠良看向董经营。董经营回答："只有一点灰尘，没有别的东西。只在床上有血迹。"

松下太郎马上蹲下身子检查地毯，果然看到了一块黑褐色的痕迹。他分析道："有人偷拿或配了一把铁副大队长房间的钥匙，他开门进去，打死了正站在窗边的铁副大队长，然后，凶手打扫了房间，清洗了所有的血迹，再把尸体挪到床上，使人看上去像是自杀。当然，最重要的是，他取走了看守室的钥匙，放走了麻雀后再将钥匙放回原处。"

李默群轻轻地拍手鼓掌："绝佳的推理。松下君不愧是帝国之人杰。"

毕忠良还是有些不明白。他看向董经营，董经营也是一脸懵懂的样子。李默群淡淡地说道："放在窗台上花瓶中的那些玫瑰，在房间里搁了两个星期后早已枯萎凋谢，窗台、地板和地毯上应该找得到落下的花瓣，不可能只有一点灰尘而没有别的东西。所以结果只有一个，那些花瓣是凶手清除血迹时一同弄掉的。此案系谋杀案确凿无疑！"

松下太郎满意地点头，同时自言自语：凶手会是谁呢？如此聪明绝顶，倒让我惺惺相惜了。真想见一见他……

众人都在沉思，唯独董经营靠在窗台旁边，表情有些怪异——他在花盆旁突然看见一小段琴弦，由于颜色接近窗台颜色，一时间看不出来。但是对董经营来说，这琴弦他是如此熟悉，让他几乎不敢想象会发生这样的事情。他小心地挪过去，几乎不为人知地将琴弦顺到自己的口袋里，然后长吁了一口气。

再抬眼间，竟然发现毕忠良正死死地盯着他看，那眼神似乎洞察了一切……

“我单独找你，是还想给你一个机会。”

这是午夜的大上海。在麦根路和中山北路交界的一片小树林里，阿艺对憨子单刀直入。

“憨子，无论如何我都没想到是你啊。当初成立三人小组时就想，谁对不起兄弟也不可能是你憨子对不起兄弟。你说，你是两面三刀的人吗？”

憨子看上去还真有些憨：“阿艺哥，什么是两面三刀？”

“你现在干的事情就是两面三刀。”

“我，我没干什么。”

“是你出卖了门儿清对不对？你告诉松下太郎，门儿清被军统收买了，要刺杀他……”

“我没有。”

“你甚至还告诉松下太郎，那个玻璃罐子就藏在门儿清床底下。它会爆炸，会取他松下太郎性命！”

“你，你怎么知道？”憨子有些惊慌了。

“你还是承认了吧，憨子。”

“阿艺哥，你不是说玻璃罐子从未被移动过，松下太郎根本不知道这个玻璃罐子的存在吗？”憨子还有一丝侥幸心理。

阿艺死盯着憨子不说话。

“阿艺哥，不管你怎么怀疑，我出卖你们没好处啊……”憨子徒劳地辩解。

“是没好处，但避免了坏处。起码你的老娘和哥哥暂时安全了。”

憨子震惊：“你怎么知道？”

“因为那天，门儿清让你以你老娘和你哥哥的名义发誓没有出卖我们，你不敢。”

“有些誓不能乱发的。”

“有些誓恰恰能测出人心。”

“……”

“还有就是那个玻璃罐子。没有增加新鲜的陌生指纹只能说明对方戴手套操作了；存放玻璃罐子的地面上只有一个清晰的罐底印，并不代表玻璃罐子从未被移动过，因为上面的浮灰有了变化。上次没说，是想看一下你的反应。”

“……”

“结果你如释重负。”

“阿艺哥，我，我不是人啊。我怕我老娘和哥哥都被松下太郎杀掉啊。是他威胁的我，我大哥已经被他打死了！”憨子几乎要崩溃了。

“你对得起你老娘和哥哥，对得起我们三人小组吗？我们是结拜兄弟！”

“那我怎么办？两头难，两头都难啊……”

“你不能再出卖我们了。赛马马上开始，军统肯定会报复的。松下太郎会继续逼你当内线，军统要是知道了这事，你的小命就没了。你一死，松下太郎恼羞成怒，把你老娘和哥哥都给杀了……”

“不，不要啊！”憨子惊呼。

“所以，必须有取舍。我们，还是松下太郎？”

“……阿艺哥，你就说让我怎么做吧。假如横竖都是死，那我憨子就想死得硬气点！他娘的这憋屈日子也是没法过下去了……”

阿艺凑近憨子的耳边：“听说过‘卧底’这个词吗？……”

“最近的风声有点不对啊。”

“什么？”

“上海滩的风声，比往年吹得凌厉了些，还杂乱。我老觉得，这76号有内鬼……”

76号的二楼东边，是李默群的办公室兼卧室，卧室左边，有一条狭长的走廊通向客房和高洋房以西的大礼堂。另有一条甬道通向后面行动大队大队长高立的卧室，甬道旁有两间专关女犯人的小囚室。在这个颇显诡异的布局之下，李默群心事重重地仰靠在办公室座椅之上，对毕忠良有一搭没一搭地说着。

毕忠良腰杆笔直地坐在办公桌对面的靠椅上，聆听李默群的话语，揣摩话语背后的言外之意。他其实是外拙内巧之人。在松下太郎面前显示自己的蠢笨，目的是衬托李默群的宏图大略，这也是李默群喜欢他、视他为心腹的重要原因。

三楼的犯人审讯室里，惨叫声不时传来。毕忠良已经无动于衷了。甚至，他能透过惨叫声的频率、音高、时长、变异程度，猜测犯人是遭遇吊打、坐老虎凳、灌辣椒水、电刑还是钢针刺指。

“声音很残酷，就像真相有时很残酷一样，必须经过质疑与拷问才能获得……那一天的现场，你觉得有什么问题吗?”

李默群的话问得很含蓄，毕忠良马上想起了那段琴弦。其实在案发现场，发现一段琴弦并不能代表什么。可能是凶手留下的，也可能是铁石自己从哪里带回来的，关键是董经营的表现。他偷偷地将琴弦顺到自己的口袋里，然后长吁了一口气。他的小心翼翼，恰恰说明他心中有鬼。

“好像，董经营有问题。”

“什么问题?”

“那段琴弦。窗台上的琴弦。”

“很好，你能说出这个，一方面是细心，另一方面是忠诚，对76号的忠诚。”

“首先是对主任的忠诚。”毕忠良毕恭毕敬。

“你觉得，董经营这个人怎么样？”

“是个人精。有缝就钻。”

“他会是共党吗？”

“这个，不好说。”

“脚踩两只船？”

“我个人觉得，董经营即便想脚踩两只船，也最多踩踩军统的船。共党，也实在太弱了些。像他这么精明的人，不会干这蠢事。”

“那么，会是谁呢？”

“一下子不好查。主任，这事要着急，也是日本人着急。我们尽力而为就行。”

“你啊，忠良，还是要大气些。替日本人做事就是替我们自己做事。在76号，我们还有别的选择吗？实话告诉你，你观察董经营私藏琴弦的时候，松下太郎的眼睛也正盯着你。”

毕忠良大骇。

李默群长叹一声：“所以不能藏，不能将自己藏起来。

任何一点私心都不可有，尤其是对日本人。”

“我突然想起来，有一个人与琴弦有关……”

“谁?”

“阿艺。董经营的亲弟弟，他是个拉二胡的。”毕忠良面无表情道。

八

阿艺不明白自己为什么会去见麻雀，甚至和这个组织一见如故。他只知道麻雀身上有一种气质，这种气质是他哥哥董经营所不具备的，也是他心向往之的。

那叫大气。

阿艺去见麻雀回来后，竟然被他亲哥董经营直接就给绑架了。

事实上董经营已经危机重重。这两天，他感觉毕忠良看他的眼神有些微妙。有天中午在76号一起吃饭，毕忠良有意无意间问他阿艺是不是还在街头拉二胡，说有日子没见了。又说从长久计，拉二胡谋生不易，不如来76号做事稳当。最后，毕忠良费尽九牛二虎之力剔出他牙缝间的一根鸡肉丝后，含糊不清地告诉董经营，江湖风波险恶，尤其上海滩的街头，东西南北风什么风都在瞎吹。唯一的一个亲弟弟，可得看好了，别到时候误入歧途……

董经营听出了毕忠良的言外之意。唉，那天自己私藏琴弦，到底还是被对方看到了。但其实，那根留在现场的琴弦究竟是不是阿艺的，董经营也不敢肯定。凭直觉，他觉得从来不问政治的亲弟弟阿艺根本不可能干出劫狱这种事情来——既如此，当初何苦帮自己破案，最后使得麻雀落网呢？

直到自己被毕忠良跟踪监视之后，董经营才明白必须洗白自己，自己才能在76号继续待下去，也才能给弟弟阿艺一个交代，否则，他们兄弟俩都不能在上海滩混下去了。

和瘦猴一起绑架阿艺是不得已而为之的。瘦猴是董经营的亲信，董经营只相信他。阿艺这段时间一直在准备赛马，和另外两个差不多落魄的男人在一起，鼓捣一匹来历不明的马。有的时候，董经营会感慨万千：三个被命运卷着跑的人，一本正经地期待着发生奇迹，期待在根本不可能获胜的赛马上来一场胜利，董经营觉得，这不是理想，而是幻想。所以归根到底，还是那句话最重要——和什么人在一起，决定了你是什么人。董经营有时不无委屈地想，自己要是和汪精卫主席在一起，弄不好李默群的位置就是自己的了，哪轮得上毕忠良对他含沙射影、冷嘲热讽。当然了，自己目前这个身份，算得上比上不足比下有余了。关键是阿艺，和那两个落魄的人在一起，势必永远落魄下去。不过，这还不是最差的局面——他要是和麻雀以及中共地下组织在一起，那是要脑袋搬家的。所以董经营要和弟弟进行一场紧急密谈。

阿艺却矢口否认那根琴弦是自己的。他装聋作哑说，76号里头究竟有什么，他还从来没进去看过。也不敢进，鬼哭狼嚎的，太吓人了。

董经营拿出那根琴弦，轻轻地拉直了，问："真的不是你的吗？我们老董家的二胡，每一个零部件都有家的气息。你不认就不认了吗？"

阿艺坦然以对。

董经营盯着阿艺斜挎在肩膀上的二胡，说："敢不敢拿过来试试？"

阿艺犹豫不决。

董经营上前取下来，端详、比较着两根弦。

"看来真的不是你二胡上的弦。瞧这两根多新啊！但是且慢，这是什么？"

董经营从二胡琴弦扎口上拉出一段残存的旧弦，然后和自己手上的断弦做比较，只见断口吻合，弦的新旧成色不差分毫。

"我猜猜看，这根弦你舍不得扔，打个结还能用。在命案现场，你不小心将这弦落在了窗台上，回去后怎么也想不起来丢哪里了，不得已才换了新弦。对吗？"

阿艺叹口气道："想象力这么丰富，逻辑推理听上去也没有漏洞，上次为什么还叫我帮忙破案呢？以后你一个人足以应付了。只是还有个关键问题，我赤手空拳怎么进出76号？听说进出里头是要红蓝两色通行证的。"

"你果然不够专业。问出这话来就显示你存在两个问题：一个在街头拉二胡的人，怎么知道进出76号是要红蓝两色通行证的？此问题一。问题二是，你一向对我的谆谆教诲敬而远之，特别反感去76号，这次，为什么又感兴趣了呢？"

"唉，大哥，你不想想看，假设是我救走的麻雀，我是从哪里搞到红蓝两色通行证的呢？"

董经营脸色变了："你怎么知道麻雀跑了？我们刚才一直讨论的是命案。这么说，两件事都是你干的，杀人与救人？"

"你觉得可能吗？红蓝两色通行证……"

"我来告诉你红蓝两色通行证从哪里来！"董经营直接从自己身上掏出红蓝两色通行证，"你偷了它们，或者又伪造了一份……"

"到底是偷还是伪造，大哥，逻辑推理需要严密。"

"这个我不能确定。总而言之两件事都是你干的，杀人与救人。"

"笑话，我做这两件事，有意义吗？我只关心老婆孩子热炕头。”

“你也得关心关心我，你的亲大哥!”

“……”

“我已经被盯上了。毕忠良开始怀疑我了。准确地说是怀疑你了。没有金刚钻别揽瓷器活。你一个拉二胡的，作什么案啊。作案也得把屁股擦干净了。留一段琴弦算什么事?通风报信啊……”

阿艺兀自嘴硬：“放心，好汉做事好汉当，不会连累你的。”

“已经连累了。”董经营暴喝一声，“而且还将继续连累下去……”

阿艺不解。

“刚才，你是不是见麻雀去了?你这个蠢货，是不是被共党拉下水了?”

董经营没想到自己这么快就被毕忠良请到了76号三楼的犯人审讯室。

他在二楼其实是有一个办公室兼卧室的。在二楼李默群的卧室左边，有一条狭长的走廊通向客房和高洋房以西的大礼堂，另有一条甬道通向后面高立的卧室，而紧挨着高立卧室的，就是他董经营的办公室兼卧室。另外甬道旁有两间专关女犯人的小囚室。董经营有时候嘲讽自己是阴阳之间的屏障。这阴阳，一方面是指男女之阴阳，另一方面指生死之阴阳。76号每天都上演着生死的戏码，董经营作为76号里头一个不大不小的角色，见惯生死，真正是有些麻木了。

但是从二楼到三楼，还是有着天壤之别的。二楼是76号自己人的栖息地，除了那两间专关女犯人的小囚室。三楼不一样。三楼有关忠诚与背叛、勇敢与懦弱、高贵与苟且。酷刑三十八套如吊打、坐老虎凳、灌辣椒水、电刑、钢针刺指等，套套直指人心；天牢（吊捆在半空中暴晒）、地牢和水牢，让你直接经历人间炼狱。“招还是不招”不仅事关前途命运，更直接攸关生死。

董经营每天都会在三楼的犯人审讯室进出。或是参与审讯，或是进来瞄一眼了解情况。总之身份都是居高临下的。从来没有像这回一样，坐在被审讯者的位置上，接受毕忠良的拷问。

毕忠良对他还算客气，毕竟同事一场，不好马上撕破脸的。他甚至给董经营递上了一支哈德门香烟，还亲自为他点火。在董经营印象中，这老毕一直是抽老刀牌香烟的，最近土枪换炮，改抽英美烟草公司出品的10支软包装规格的哈德门香烟了，看来是在哪里发了点洋财。

“嗨，我们这个活，你也知道，纯粹是混口饭吃。在路灯下悬挂血淋淋的人头，向人家屋内扔断手断脚，在人家门上插匕首，寄子弹、恐吓信等，甚至跟踪绑架人质，上峰让我们干吗就干吗。但是政治嘛，你可以被动承受，但千万别主动选择。先贤说，一动不如一静，是动三分凶。动辄得咎嘛。”

毕忠良的话循循善诱，最终路径是导向董经营的弟弟阿艺。董经营想，一根琴弦引出的审讯案还是开始了。站在弟弟的立场上，董经营矢口否认那根琴弦是他弟弟的。他装聋作哑说，弟弟阿艺就是个艺痴，对76号里头究竟有什么根本一无所知，整天只知道在街头拉二胡。

毕忠良从董经营口袋里掏出那根琴弦，轻轻地拉直了：“真的不是你弟弟的吗？你们老董家的二胡，每一个零部件都有董家的气息。你不认就不认了吗？”

董经营大骇。这话，他太熟悉了。

毕忠良继续。他说如果现在去把阿艺的二胡拿来，一定可以从他二胡琴弦扎口上拉出一段残存的旧弦，然后和自己手上的断弦做比较，结果只有一个——断口吻合，弦的新旧成色不差分毫……

董经营听得冷汗涔涔了。

他恍然大悟道：“我明白了，瘦猴是你安插在我身边的眼线。”

毕忠良微微一笑："不要说得这么难听。什么眼线，那是组织关怀。"

董经营求饶："老毕，不，毕处长，我弟弟是误入歧途，他根本不是中共的人，也不知道救的那个麻雀是共党要犯。他只是因为帮我抓了麻雀，于心不忍，就又救他出去，犯了大错，还请处长给他一个悔过自新的机会。"

"真的和共党没有接触？"

"我以身家性命发誓！"

"那你呢？"

"我董经营生是76号的人，死是76号的鬼。给共党卖命？我疯了我！"

董经营信誓旦旦。

"越来越精彩了。这赛马现在赛的不是马，而是人。你说门儿清的背后藏着军统，阿艺的背后藏着中共地下组织。他们想干吗？对马感兴趣吗？不，是对人感兴趣。准确地说，是对我松下太郎感兴趣……好，很好……"

在特高课私邸，特高课第二课课长松下太郎像是有了什么重大发现，对李默群等人口若悬河，话说得踌躇满志。特高课隶属于日本内务省，在日语中是"特别高等警察第×课"的简称。最高首脑是土肥原贤二。上海的特高科名义上归于警察署，但是有完全的自主权，直接对土肥原负责。之前，特一课课长南造云子，曾经以美人计将行政院主任秘书黄濬拉下水，导致国民党方面一些重大机密接连被窃。淞沪会战打响后，南造云子又策划了刺杀蒋介石的行动方案，差点功成，是日本赫赫有名的“帝国之花”，松下太郎羡慕之余，也感觉必须要靠男儿本色，有所作为。

但李默群出言谨慎。毕竟现在还没有阿艺与中共地下组织接触的直接证据，他只能怀疑这个人。

松下太郎和他的看法相反。松下太郎的思维简单而直接。他认为阿艺出手救麻雀，本身就是证据。另外对阿艺的哥哥董经营必须立即实施监控。

李默群显得非常善解人意。他一脸诚恳地告诉松下太郎，自己觉得他太危险了。因为共产党、军统的人在暗处，松下太郎在明处，已然成了刺杀的目标，因此他建议，取消赛马，以确保松下太郎的安全。

松下太郎想了想，道：“如果能借赛马一举抓获共党、军统的人，松下太郎为大日本帝国捐躯，又何足惜哉？”

李默群表态：“我们76号誓死保卫松下君的人身安全！严防军统、中共地下组织借机滋事。”

“不，要放长线钓大鱼。假装不知道他们的所作所为，又要牢牢掌握对手的一举一动。赛马场之上，中共、军统的人不到，我唯你们是问！”

李默群、毕忠良肃立：“是！”

雅集斋茶馆在九江路洗清池浴室旁边。阿艺顺着窄窄的楼梯往上走，看到一张月份牌挂在楼梯拐角处。在咯吱作响的阶梯声中，低眉顺眼的上海滩美女在月份牌上朝阿艺巧笑倩兮。上到二楼，阿艺越发发现这个茶馆的雅致：堂壁上书一对联：“四面皆空，坐片时间何分你我；两头是路，喝一盏茶各自西东。”一幅上海地图挂在堂壁正中间。圣约翰标记的《圣经》与复旦大学35周年纪念册摆放在茶桌上，端坐一旁的麻雀西装革履，温文尔雅地向出现在他面前、一脸懵懂的阿艺开讲“茶经”：

“当年啊，任伯年的入室弟子、画家俞达夫从扬州老话‘早上皮包水，午后水包皮’中受到启发，就在九江路的这个地方开了这家茶馆。所谓茶养人，人也养茶。什么样的茶馆养什么样的人。来这茶馆雅集的都是文人、书画家之流，煮茶论艺，也算是一时风流。”

当然，麻雀讲茶经不是目的，他此次来，是想告诉阿艺另外一件事情。当他从《申报》上得知阿艺等三人即将参加中日赛马的消息后，觉得这个事特别重大，也特别有意义。中共地下组织希望，赛马场之上，是中国人赢。因为事关国家与民族尊严。比赛后，三个赛手的生命安全，地下组织会竭尽全力保护……

阿艺被感动了。他突然觉得就他们命如草芥的三个底层市民，也会有一个组织来关心他们的生死，称赞他们这个事特别重大，也特别有意义，这在之前是不可想象的。阿艺吞吞吐吐地告诉麻雀，他们有一匹马，是汗血宝马。汗血宝马以前是瘸腿的，现在腿治好了，跑赢东洋大马是有希望的。但是马胜利了，人可能就有危险了。以前他们为了钱或者说赏金，想舍命一搏，现在他为了麻雀的期许，愿意舍命一搏。麻雀笑了，告诉阿艺，舍命一搏不是为了他的期许，而是因为作为城市无产者，阿艺正是中共地下组织急需发展的对象。

麻雀首先郑重地表扬了阿艺的阶级觉悟，说城市无产者正是共产主义先锋队的群众基础。阿艺看着两眼闪闪发光的麻雀，一时间不明白他的热情究竟从哪里来。阿艺老老实实地告诉麻雀，说他有两个词不明白："城市无产者"和"共产主义先锋队"。他不明白这些稀奇古怪的词和他有什么关系。他的生活，除了二胡就是老婆孩子。赛马之后，如果安然无恙的话，阿艺想他依旧会是那个在街头拉《寒春风曲》的落魄艺人。天黑的时候，他会收拾好破碗里的零星小钱，赶在同福里菜场收摊前，买上一两个已经干瘪的西红柿、三五棵蔫巴巴的青菜；如果还有余钱，会割上一小条早已经不新鲜的老母猪肉，回去烧给老婆孩子吃。上海街头的黄昏，本来是暗淡无光的，但阿艺觉得，如果他手里有了这些从菜场里拎回去的东西，街道会明亮许多，他的心头也会温暖许多。

麻雀却批评阿艺的小农意识。老婆孩子热炕头，几千年来中国人都这么活。但现在是什么时候啊，日本人都进城了，都接管上海市政府了。上海已经不是中国人的上海，而是大道市。汪伪政府也不是民国政府，成了日本人的附庸与帮凶。“最可恶的是76号，逼良为娼、残害忠良。如果人人都像你一样，满足于每天买上一两个西红柿、三五棵青菜，回去烧给老婆孩子吃，中国就彻底完了！同志，别忘了你是城市无产者，难道你要做一辈子城市无产者，你的孩子也要接着做城市无产者吗?”麻雀说得痛心疾首，阿艺顿有所悟。

茶室开始变得温馨起来。阿艺的心情突然变得很放松。他扭头看窗外，窗外人流如织，夜上海充满了温馨的味道。但是在温馨背后，阿艺却看到了面临的危险。马路对面，毕忠良正指挥两个便衣朝雅集斋包抄过来。他已将勃朗宁手枪拔出来，示意马路那头的特务赶快跟上来。阿艺之所以能确认是毕忠良，是因为有一次他在街头拉二胡，哥哥董经营曾经和毕忠良在他面前停留交谈过。毕忠良一脸鄙夷和惋惜的神情阿艺至今记忆犹新。阿艺搞不明白自己和麻雀的约会，毕忠良是怎么晓得的，而且这么快就组织特务进行追捕了。阿艺站起身，示意麻雀快走。麻雀立刻拔出枪，要掩护阿艺先撤。楼梯口已经咯吱作响了，紧接着阿艺看到了黑洞洞的枪口，76号特务已经上了二楼楼梯。

阿艺本能地挡在麻雀前面，一把将麻雀往三楼推。就在这时，枪声响了。阿艺生命中第一次看见，子弹是怎么离开那个枪口，往自己飞奔而来的……

九

三十五岁的赵一虎有时候觉得，自己仿佛已活过了一辈子，人生酸甜苦辣的滋味都已经一一尝遍。

小肚子很有些中部崛起的味道。作为军统局上海区的行动队队长，赵一虎自知这样的发福是不对的。但戴笠前段时间任命他为军统局上海区代理区长，赵一虎又揣测自己微微凸起的小肚子看来还是有用处的。要不然，区里那么多人，戴笠为什么都看不上呢？当然，赵一虎认为自己在军统里还是可以摆资格的：毕业于黄埔军校五期政治科，大名鼎鼎的“军统四大杀手”之一，江湖人称“追命太岁”。在戴笠的心腹爱将中，他赵一虎是排得上号的。但周伟龙被捕后，军统局上海区区长位置空缺，戴笠突然青睐于他，赵一虎还是有些受宠若惊的。当然，赵一虎也明白，代理区长和区长还是有很大区别的。它听上去不那么硬气，透着戴笠对自己的审慎观察。

果然，不久之后，赵一虎的代理区长一职就被免了，取代他的是王隐威。王隐威一来就是正式的军统局上海区区长，不需要代理。赵一虎明白，自己就是个过渡区长，是为王隐威履职看大门的。戴笠同时任命他为副区长兼行动队队长，直接听命于王隐威。这个任命让赵一虎感觉微微有些不爽。因为按照中国的传统文化，“代理”一职要是没出什么问题，过段时间就要扶正的。赵一虎没做过代理区长，就不会有扶正的念头。可现在，仿佛被他人忽悠了一把，在欢迎王隐威履新的大会上，赵一虎发现自己鼓掌鼓得很勉强，笑也笑得很牵强。赵一虎想，自己1932年从洪公祠特训班毕业，在上海称得上是“行动”专家，在“复兴社”特务处任情报官、调查组组长、侦缉队队长、组织科中校科员，对党国可谓忠心耿耿。可回顾历史，毕竟是个有“污点”的人，戴笠对自己不放心，或许也是题中应有之义吧。

虽然说自己有污点，可他王隐威就没污点吗？赵一虎愤愤不平，原因可能还在这一点上。当然，从履历上看，王隐威还是很光鲜的。早年就读于保定军官学校、东北讲武堂。

1915年任浙江高等监察厅厅长、驻外使馆秘书，后成为特务处骨干分子。1932年，王隐威任“复兴社”特务处天津站首任站长，与陈恭澍、沈醉和他赵一虎并称“军统四大杀手”——同样都是杀手，待遇怎么就不一样呢？好歹，得有个先来后到吧。再说说污点。1934年春，王隐威和他的天津行动队队员胡大虎，在北平前门逛八大胡同。这八大胡同其实就是妓院。王隐威寻花问柳，从品行上看就不是善类。关键是，在妓院，他们与人发生了冲突并且打死了人。尸体被放在一个装衣服的箱子里，从妓院后门带出街外，用黄包车拉走，此谓“箱尸案”，当时北平大报小报都刊登了这个消息。这件事还上达了“天庭”，蒋介石下令严办。最终胡大虎被捕正法，王隐威被判处无期徒刑，在南京老虎桥陆军监狱服刑。但王隐威实际上只服了两年刑，全面抗战开始后，军统因为急于用人，就放他出来了。赵一虎猜测这大约是王隐威与戴笠的交情在起作用。因为1937年“七七事变”后，戴笠就将王隐威调到天津任军统局华北区区长。1938年戴笠组织“华北忠义救国军”，任命王隐威为总指挥。1939年春又调王隐威为军统局上海区区长。

赵一虎因此惆怅莫名。仕途浮沉，本是寻常事情，但王隐威有戴笠托底，只浮不沉，相较于他，真是不公平。王隐威上台后，为了树威，秘密策划了一个刺杀松下太郎的行动。这个行动，王隐威对赵一虎是保密的。赵一虎只是听说，王隐威找了个贩马的，塞给他一个玻璃炸弹，计划在赛马颁奖仪式上炸死松下太郎。赵一虎感觉，这简直就是开玩笑。一个贩马的第一次玩炸弹，能炸死松下太郎？开玩笑啊！怎么带进现场去，敢扔吗？最关键的是，贩夫走卒凭什么替军统卖命？据说王隐威为贩马的开出一千大洋的巨额赏金，但紧接着，和马贩子联系过的十来个军统特工就被日军特高课一网打尽了，连据点都被端了。赵一虎感觉，那个贩马的肯定是见钱眼开，替日本人卖命了。唉，这个世界上凡是用钱可以解决的事情都是不靠谱的。唯有忠诚和信仰才弥足珍贵。赵一虎向戴笠反映此事时，戴笠却对他不置可否。赵一虎从戴笠高深莫测的微笑中感觉自己还是被误解了。或许，戴老板认为他和王隐威之间只是内讧吧。戴笠果然谆谆教诲他，要精诚团结，不要怀疑同志。另外，要奋斗总会有牺牲，十来个军统特工被日军特高课所杀，并不一定说明我们的内线已经叛变了。只要刺杀松下太郎行动成功，所有的牺牲都是值得的。到时候，王隐威区长会证明自己的价值，以及军统同人们的价值。

戴笠的喋喋不休在赵一虎的耳边虚化了。他明白，王隐威只要是戴笠的人，做什么都是对的。但军统这些弟兄怎么办？已经牺牲了十来个，紧接着，特高课会继续顺藤摸瓜，查获军统局上海区的本部。到时候，他赵一虎也会有性命之忧。赵一虎倒是不怕死，他就怕冤死在内讧中，成为王隐威向上爬的垫脚石。

必须立刻制止所谓的刺杀松下太郎行动。因为目前很明显，这个行动已经被松下太郎利用，成为捣毁军统局上海区的行动了。王隐威肯定会固执己见，继续派手下和那个贩马的接头，从而暴露行踪，那么现在唯一的办法，就是让线人马贩子人间蒸发……

赵一虎的心开始怦怦乱跳起来。因为就在他拿起电话开始给行动大队的亲信部署秘密行动时，他的脑海里突然冒出一个更加可怕的想法。可不可以借刀杀人呢？

借特高课之手除去王隐威，以那个马贩子为牺牲品。

王隐威明显感觉到了赵一虎的怨气，以及他的隐忍不发。

履新军统局上海区区长一职，王隐威最大的顾虑就是赵一虎。事实上，推己及人，换他在赵一虎的位置上，没有怨气是不可能的。但王隐威感觉，戴老板这么安排也是有道理的。赵一虎最大的问题是他曾经加入过共产党。后来虽然“洗白”了，但显然，他已不是党国可以重用之人了。这次戴笠提拔他做军统局上海区区长，看重的无非是自己对主子的忠诚。王隐威想，自己对戴笠，可谓是忠贞不贰了。戴笠说要刺杀张敬尧，他就会同北平站站长陈恭澍及白世维、马河图等人，将张敬尧刺杀于北平东交民巷的六国饭店。此桩事迹，当年轰动一时。当军统局天津站站长时，戴笠说要刺杀汉奸，王隐威就带头暗杀了天津商会会长王竹林、伪联合准备银行天津分行经理兼伪海关监督程锡庚等汉奸。正因为他如此卖命，戴笠才会在他出事时力保他。

但赵一虎就不一样了。王隐威感觉此人最大的问题就是拎不清。所以关于刺杀松下太郎的行动计划，他一开始就是瞒着赵一虎的。按理说赵一虎是副区长兼行动队队长，军统局上海区的所有行动，他都有知情权和参与权。只是王隐威觉得，赵一虎现在心和他不往一处想，劲就不可能往一处使。他怕他使绊子，从中作梗。另外一个问题是，新官上任三把火，他王隐威必须树威、立功，才能服众，或者说才能让赵一虎心服口服。履新大会上，赵一虎皮笑肉不笑的表情，王隐威看得清清楚楚。赵一虎器量小，行动队的人马他都藏着掖着，王隐威要建功立业，只能另出奇招。

他是在《申报》上看到门儿清三人即将要参加日中赛马的消息的。起初，瞄了一眼新闻标题后，王隐威并没有当回事。炮灰嘛，和日本人赛马，这三个底层小市民注定是牺牲品。喝多了茶去厕所撒了泡尿回来，王隐威拿起报纸又扫过那条新闻时，被配图中门儿清的表情吸引住了。事实上配图有三个人——门儿清、憨子、阿艺，后两个人在王隐威看来羸弱不堪，表情甚至有些麻木。但门儿清的表情不一样，或者说眼神不一样。王隐威感觉，拥有这种眼神的人是可以做一些事情的，哪怕不是大事，也基本上都可以成事。王隐威又想到了“炮灰”这个词。与其让他做日本人的炮灰，倒不如为国家做点事，成为国家的炮灰。当然，事成之后用“炮灰”来形容是不妥当的。他甚至可以是英雄。王隐威为自己的设想激动了。激动之后就是行动，他派心腹将门儿清“邀约”过来，晓之以民族大义，诱之以大洋之利。没想到门儿清跟他讨价还价，硬生生地将赏金从一百大洋抬升到一千大洋。王隐威心里微微有些不爽，为民众如此低的素质而感慨万千。他倒不是舍不得钱。门儿清在刺杀松下太郎的行动中如果以命相搏，赏他一千大洋并不多。因为王隐威很清楚，门儿清有福拿到赏金，却没福享用它。刺杀行动基本上是个死士计划。不管成不成功，门儿清都不可能全身而退。他注定是个牺牲品，甚至王隐威都不能派出军统特工去接应和掩护他的行动。日本人正在满城截杀军统特工，绞尽脑汁要找到他们的据点，王隐威不可能担着暴露的风险出击，更何况赵一虎并不听他指挥。所以王隐威必须单独地、秘密地利用门儿清达成自己的目的。在某种意义上，门儿清是他王隐威的炮灰，是自己在军统局上海区站稳脚跟、有所作为的垫脚石，也是打向赵一虎的一张牌。只是没想到事情很快起了变化，日本人将与门儿清接头的军统特工一窝端了。这个变化让王隐威有些不踏实了。还要不要联系，要不要和门儿清继续接头，实施刺杀松下太郎的行动计划？王隐威之所以不踏实是因为心里没底。他不好评估日本人究竟有没有跟踪门儿清，或者说门儿清干脆已经叛变，成了日本人的卧底。

王隐威第一次感觉有些害怕了。他想到了“弃用”这个词。就像一颗棋子，如果不能再发挥作用，甚至起反作用，他必须果断弃而不用的。更要命的是，赵一虎开始反戈一击了。他在戴笠面前打小报告的行径是戴笠亲口告诉自己的。戴笠将王隐威狠狠地骂了一顿，一再强调“精诚团结”的重要性。戴笠能够狠狠地骂自己，王隐威倒放心了。王隐威其实天天盼望戴笠能骂一骂自己。江山人戴笠有个特点，或者说特别的生活观，那就是“打是亲骂是爱”，越是亲近、可以依靠的人，越是像骂孙子一样骂。王隐威这下放心了。赵一虎再怎么打小报告，也不可能动摇自己在戴笠心目中的重要地位。但他接下来不能再出差错了，否则即便戴笠想保他，赵一虎也不会答应的。那么，门儿清到底是用还是不用呢？王隐威开始首鼠两端了。

很快，他就拿定了主意。刺杀松下太郎的行动继续进行，不过指挥权要转交到赵一虎手里。刺杀功成，是他王隐威领导有方；刺杀失败，则刚好可以问责赵一虎，以打击他的蠢蠢欲动之心。

是谓一箭双雕。

十

董经营发现毕忠良发生了微妙的变化。对他比较客气了，也绝口不提他弟弟阿艺的事情。他们成了相处良好的同事。

但是毕忠良的手臂一直缠着绷带。董经营很好奇，几次问他怎么受的伤，需不需要他带兄弟们给报个仇什么的。毕忠良都婉言谢绝了。这让董经营觉得，一定发生了什么事情。

阿艺还是照常准备着赛马之事，憨子和门儿清一点都看不出来在阿艺身上曾经发生过惊心动魄的事情。雅集斋茶馆的那个夜晚，阿艺其实离死神只有一寸之遥。他明明看到子弹出膛的瞬间，火星都已经闪出来了。他以为自己必死无疑，但紧接着自己就被麻雀推开，倒在地上的则是胸口中弹的麻雀。阿艺紧贴墙壁惊魂未定，从三楼冲下来五六个中共地下组织成员，一边与76号特工展开对战，一边护送阿艺和麻雀离开。

事后阿艺才知道，有两个中共地下组织成员在枪战中去世了。麻雀身负重伤，三天三夜之后才醒过来。这让他很是内疚，觉得自己的命是共产党给的。麻雀安慰他，说地下组织的成员是为了救自己才被打死的。在他们内部，这样的死亡叫牺牲。牺牲的同志是没有遗憾的，因为他们将自己的生命托付给了信仰与使命。至于保护阿艺的人身安全，那是完全应该的。毕竟阿艺是应他麻雀邀约而来，目前的身份是一介平民。平民不应该成为牺牲品。共产党的宗旨，就是为全体老百姓谋幸福，让他们人人过上幸福而有尊严的日子。

阿艺想说什么，却又说不出话来。他感觉，这是一群以命相搏的人，但是与他们的对手相比，敌我力量还是相当悬殊的。不要说与日本人较量，就是与76号抗衡，也还占不了上风。有两个地下组织成员在枪战中牺牲了，而76号还在全城追捕他们。阿艺突然想到了毕忠良。

“他怎么样？还活着吗？”

“还活着，活得很好。只是手臂上受了点伤。”麻雀淡淡地说道。

阿艺急了：“你们怎么能让他活着回去呢？太危险了。”

“危险？对谁危险？你吗？”

“不是我，是你们！他已经认出你们了。下次带日本人来抓你们，你们就完了……”

阿艺话说得很着急，麻雀则听得一脸动容。他没想到阿艺的回答是这样的。

“当然，也不仅仅是你们，也包括我……我哥……”

“你哥怎么了?”

“我哥的饭碗可能要丢了。毕忠良现在知道我和你们在一起，肯定会拿我哥做文章。其实，我也不想我哥在76号做事。可是他特别当回事，感觉自己出人头地了，为董家争脸了。我爸其实也反对他，不过没用。我哥已经看不起我爸了，嫌他没出息……我不这么看，我觉得一个人有没有出息不重要，重要的是对得起自己的良心。”

“你说你哥没良心?”麻雀试探地问道。

“他是丧良心……但他也是好人，是我哥。”

麻雀好奇了:“这个怎么理解?丧良心，也是好人?”

“我觉得，我哥还是保护我的。对我来说还是一个好大哥。只是在76号做事，没办法。”

阿艺的话绕来绕去，麻雀总算听明白了。他想告诉阿艺没事的，毕忠良再也不会找他麻烦，找他哥董经营麻烦了，但是话到嘴边，麻雀还是什么都没说。他不想把这件事情解释得很清楚，毕竟阿艺还不是组织中人，不懂组织纪律和保密条例，一不留神就会祸从口出。他只是告诉阿艺，一切都过去了，毕忠良短时间内会老老实实的，不会再盯着他和他哥不放。

阿艺似信非信。

李默群对毕忠良的手臂缠着绷带一事一直心存疑虑。

原则上，他不大管行动处的具体事情。李默群的工作主要分两块。上传和下达。“上传”是对日本人负责，“下达”是给手下特工们分派任务。有时候毕忠良自己带着行动处出去行动，李默群也懒得过问具体的行动内容。无非是打打杀杀，盯个梢、抓个人、捣毁个窝点什么的。但每次行动回来，行动处的手下可能会挂彩，或直接挂掉，但毕忠良都是安然无恙的。李默群也习惯了这样的场景：毕忠良大呼小叫地命令手下抓紧审讯，自己西装革履、器宇轩昂地走进办公室，泡上一杯上好的碧螺春，点上一支哈德门香烟，开始吞云吐雾了。

总之，他是绝对不狼狈的那种人。

但这一回，毕忠良不仅手臂上狼狈地缠着绷带，而且神态是委顿的。他在走廊一角蔫蔫地晒着太阳，看上去心事重重。

李默群开始接近他，要问他一个为什么。毕忠良则大倒苦水，感叹在76号做事，就是在刀尖上舔血。他说没想到共党麻雀如此狡猾和毒辣，就在行动处即将大功告成之际，自己被击中了……

但李默群却对毕忠良心存猜忌，原因有二：一、此次抓捕麻雀行动，毕忠良事先不报备、事后不汇报，说明他心中有鬼。李默群想，毕忠良事先不报备是因为牵扯到阿艺，他大约是想给同僚董经营一个面子。事后不汇报并不在于没抓到麻雀，好歹击中要害了嘛，可以邀功请赏的。关键是毕忠良有难言之隐。二、毕忠良受伤归来后一直心事重重，对董经营和阿艺不再过问，显见其受到中共地下组织的胁迫。李默群判断，毕忠良一定是和共产党完成了一笔交易。

但毕忠良却大呼冤枉。他只咬定阿艺是自己的线人。他向李默群保证，只要有这个线人在，抓到麻雀，就指日可待。

毕忠良说得斩钉截铁，李默群似信非信。

伪维新政府外交部高官陈述仰面朝天斜躺在客厅的太师椅上，胸部、头部、颈部、腿部多处中弹。一张标语覆盖在他身上。上书：“抗战必胜，建国必成，共除奸伪，永保华夏！”落款是“中国青年铁血军”。

很显然，陈述已经死了。

客厅里灯火通明，丰盛的晚餐摆放在大桌上，等待着主人们去享用它。这是农历大年初一。晚八点钟。松下太郎接到电话后匆匆赶来的时候天上还下着雨。上海大年初一的雨是湿冷湿冷的，像极了松下太郎此刻的心情。日本军队占领这座城市已经一年多了，民众小规模的反抗或者骚乱还是此伏彼起，常常令他措手不及。松下太郎走进陈述家之前，还特意在门口停留了一下，观察它的地理位置以及防备状况。这栋三层的小洋楼位于愚园路华界和公共租界的交界处，小楼东北紧靠公共租界意大利警备区，南边是公共租界英军警备区，靠近沪西警察署。毫无疑问，陈述家所处的地理位置是有安全保障的，并且陈述自己很有安全意识：在家门口设置警卫岗亭，只是原来当班值守的那名保镖已经看不到了。

松下太郎想，陈述到底是被哪方组织或者势力暗杀的呢？太师椅旁，他移动脚步时，脚尖触碰到了一颗子弹。松下太郎弯下腰，捡起这颗子弹。子弹弹头尖端没有包覆而露出铅心，让松下太郎握着它的手开始微微颤抖起来——达姆弹！杀伤力极强的达姆弹。此前不久，日本一名顶级特工就是被戴笠派出的军统特工用达姆弹射杀身亡的。据松下太郎掌握的信息看，中共方面根本不可能拥有这么高级的武器。

那么军统方面会是谁呢？有没有可能顺藤摸瓜，一举捣毁军统局上海区组织？松下太郎的兴趣上来了。

陈公馆中，惊魂未定的驻丹麦前公使罗文干夫妇向松下太郎描述当时的情景——一个男子进得客厅来拔枪就照陈述脸上打，另一个男子上前又补了几枪，导致陈述当场毙命。罗文干夫妇补充说，他们是陈述多年的朋友。陈述此次从南京回上海过年，他们是老友重逢，不胜欢喜的。没想到出此意外，真是痛何如哉、痛何如哉啊……

松下太郎不理他们悲痛的表情，问："杀手只杀陈述，不杀你们?"

"是的，杀手对我们说：'没你们的事，我们只杀汉奸！'然后他们掏出一张事先写好的标语，扔在陈公身上。喏，就是这张。"罗文干说到这里指了指覆盖在陈述身上的那张标语。

"我见过杀手，还和他们对射。如果他们站在我面前，我可以认出来。"一个年轻人站在松下太郎背后，如是说道。

说话的这个年轻人是陈涛，陈述的儿子，也供职于伪维新政府外交部。他告诉松下太郎枪响的时候自己正在楼上，出来时看到父亲已经倒下了，杀手正往他父亲身上扔传单。他就和保镖一起向楼下射击。一个领头的杀手一边还击，一边和另外一个杀手裹胁着他父亲的两个保镖一起逃跑。

陈涛停顿了一下，补充说杀手逃跑之前，还放了他们家的保镖，然后分头离开，一会儿就跑得不见踪影了。松下太郎下令，马上查这两个保镖的家庭背景、社会关系，最近接触最多的人，看看他们是不是和军统方面有什么联系。

接下来，松下太郎向陈涛详细了解了他父亲陈述的行踪，试图从中了解究竟是哪个环节出了纰漏，导致杀手有机可乘。陈涛回忆说，昨天，也就是农历大年三十，上午，父亲陈述从南京打电话给他，说自己将于下午三点抵达上海北站，要他安排接站。接到电话后，陈涛非常重视，下午三点，他带着一群保镖在月台上接到父亲，然后分乘两辆小轿车，快速开向设在上海百老汇大厦的“维新政府”外交部大楼，在此仅停留十分钟即离开，开回了愚园路的公馆。陈涛说，为防刺客，他们这一行人都穿同样的驼毛大衣，戴同样的毡帽，从外表上看很难分辨。

“路上确实没有可疑情况吗?”松下太郎想了想，问道。

“确实没有，一切正常。”

“回家之后呢?”

“回家了，老爷子招呼放鞭炮，吃年饭，热热闹闹的，一切都很正常。”

这桩大年初一刺杀案的侦破至此陷入了死胡同。松下太郎此时想到了一个人，阿艺。但是这个有着高超行动力与反侦破能力的人是阿艺吗？是那个在街头卖艺、手无缚鸡之力的阿艺吗？松下太郎又不敢肯定。他需要证据。他让76号调查窗台上遗留的那根琴弦的主人，至今没有任何结果。唉，中国人人际关系复杂，真是不可以信任的。

松下太郎现在唯一愿意尝试的，就是让阿艺介入陈述被刺案，从蛛丝马迹中找出凶手。松下太郎有这个信心。阿艺如果真的是那个杀死铁石并且救走麻雀的人，那他就有着高超的布局能力和逻辑推理能力。由彼及此，他对陈述被刺案就会有不同凡响的发现。他如果真的这么做了，也就可以反证阿艺就是那个杀死铁石并且救走麻雀的人；当然阿艺如果故意装疯卖傻，完全不配合，也说明他有很大的问题。他必须本色出演，胸怀坦荡，才能过关。或者说根本过不了关。

松下太郎脸上浮出了笑容。

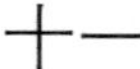

十一

阿艺被请到陈公馆案发现场的时候，一下子就猜到了松下太郎的心思。

他发现自己走进了死局，任何一个突破口都是死路一条。唉，那段琴弦，还是引起了这个日本军人的怀疑。毕忠良突然间对自己不闻不问了，阿艺还以为自己涉险过关了，没想到松下太郎又像嗜血的豺狼，如影随形地跟过来了。配合还是不配合，这是一个问题；怎么配合，配合到什么程度，这是另一个问题。两个问题相辅相成，阿艺一着不慎就会满盘皆输。

阿艺想了想，问："门口警卫岗亭当班值守的那名保镖还在吗?"

"还活着，脖子上有点伤口。"陈涛回答。

"我想见一见他。他是第一个见到杀手的人。"

那个名叫宋林的保镖走上前来，向阿艺描述说，他当天带枪值班。因为是大年初一，自己感觉应该平安无事的。六七点钟的时候，却右眼皮直跳，只见几个人不由分说向他走来。一人夺过他的枪，和另外一个人一起站在门口，扮成警卫。还有两人用布将他的口堵上，拖进庭院，一边观察，一边监视。最后一个领头的带领三个杀手进入厨房。随后不久，他听到了枪响。

阿艺沉思："我明白了。这次行动是一次里应外合的行动。杀手们先解决门卫，进大门，然后进厨房，从厨房通客厅的门进客厅。时间应该在傍晚六七点钟，因为此时为晚饭之前，仆役们准备晚餐，进进出出，便于活动。"

松下太郎有些震惊："是吗?"

阿艺点点头："应该是这样。"

松下太郎不置可否。

阿艺继续问宋林："这几个人有什么特点吗?"

“没什么特点。嗯，都很凶，身上有杀气。不过……”

“不过什么？”

“有一个人好像和其他人不一样，畏畏缩缩的，一看就是新手。”

“新手？军统刺杀陈述这样重要的人物会使用新手？”松下太郎怀疑地看着宋林，仿佛对方在说谎。

宋林不确定了：“好像不是新手，应该不是新手。也许我看走眼了。”

阿艺看了松下太郎一眼，鼓励宋林继续说下去：“是不是新手不重要。重要的是，你对他有印象吗？”

“有，当然有。”

“他有什么特征？”

“特征？”

“脸长什么样？国字脸还是圆脸？发型是什么？小平头还是长发？鼻子怎么样？是朝天鼻、鹰钩鼻还是塌鼻？高矮胖瘦、颧骨高低，有没有龅牙？脸上有没有特殊印记，比如胎记或者痣啊什么的……”

松下太郎表情复杂地看着阿艺，眼神开始变得阴郁起来。阿艺没有察觉自己话说得太多了。他只想本色出演，以最大限度去除松下太郎的戒心。阿艺其实也想过，让自己像个真正在街头拉二胡的，除了二胡什么都不懂。但他现在已经很难做到这一点了。或者说置身于这个环境，他已经回不去了。阿艺仿佛是个时刻等待刺激或者说信号的灵兽，如此，他才能酣畅淋漓地表现自己。当然，也只有这时的他，才是真实的。阿艺想给松下太郎看片刻真实的他、不装的他。只有如此这般，他才能脱离险境。

阿艺向松下太郎要了纸和笔，然后对宋林说："开始吧。"

宋林不明所以。

阿艺让他具体描述那个"新手"的长相特征，他要将其描画下来。

"马脸。"

"小平头。"

"塌鼻。"

"单眼皮。"

"颧骨很高。"

"龅牙。"

宋林开始边回忆边慢慢描述，阿艺则根据他的描述开始技巧娴熟地在纸上勾勒"新手"的长相特征。阿艺其实是个多面手。不仅二胡拉得好，字画也是一绝。这其实是他父亲董怀德悉心调教的结果。曾经的秀才董怀德一直浸淫国学，见长子董经营志在权谋之术，便将一身国学技能都传给了阿艺。阿艺也是聪慧之人，琴棋书画无所不通。当其时也，那张“新手”长相特征的速写栩栩如生，人物形貌呼之欲出。

松下太郎看向他的眼神更加阴郁了。这个人，真的是个街头艺人吗？他分明是个极好的特工苗子。布局能力强，逻辑推理能力强，形象思维好，关键一点，伪装功夫一流。松下太郎甚至怀疑，阿艺是个隐藏极深的特工，不是军统方面的就是中共方面的。从他智救麻雀以及与中共地下组织纠缠不清的关系看，此人极可能已经被中共发展为地下特工。如果是这样的话，那他的使命是什么？是单纯的赛马还是另有企图？如果目的也是要刺杀他松下太郎，那军统和中共地下组织就极有可能合流，联手在赛马之后采取行动……

阿艺画得一丝不苟，仿佛完全不知道松下太郎的心理活动，直到宋林说出“新手”的最后一个长相特征时，他才猛地醒悟，不能再画下去了。

“鼻子上有一颗痣，不仔细看看不出来。”

阿艺其实很清楚那颗痣长在鼻子的什么部位，颜色、大小一目了然，因为他跟这个人已经朝夕相处一段时间了，如果没有这颗痣的话，阿艺现在这幅未完成的速写和真人只有七八分像。一旦把痣画上去，阿艺相信，身后一直观察着他的松下太郎马上就会认出阿艺画的是谁，也会明白为什么这个人还是个新手。不错，这个人就是——

门儿清。

阿艺不明白门儿清为什么会出现在刺杀陈述的活动现场。他能干什么呀？来这里看热闹吗？军统这么重大的活动为什么会带上这个生瓜蛋子呢？这不是添乱吗？另外，画还是不画这颗痣也是个问题。画了，门儿清就暴露了。他们三人小组的行动泡汤，门儿清性命难保；不画，松下太郎迟早会抓到军统杀手，业余看客门儿清势必第一个落网，到那时，松下太郎再看这画像，他阿艺能逃得了干系吗？

“画，为什么不画下去了？”

松下太郎在背后阴森森地问道。

阿艺放下笔，转过头来一脸单纯地回答说：“其实，我是个拉二胡的。刚才都是瞎画。最要命的是，我师父没教过我痣该怎么画……”

陈家两个做“卧底”的保镖何鹏、赵玉定被特高课抓住了。

松下太郎参与了审讯。但奇怪的是，不管怎么用刑，这两个保镖都不肯说出军统一起行动的人员名单。他们只承认，这的确是军统局上海区一桩预谋已久的暗杀行动。原因是陈述甘心充当日本“以华制华”的汉奸傀儡。陈述凭借他以前任职时的关系，斡旋于伪维新政府和伪华北临时政府之间，说服梁鸿志和王克敏这南北两个汉奸政权合流，以扩大伪政权的力量，极力破坏抗战，因此，陈述成为国民党的心腹大患，被蒋介石列为重要的刺杀目标。军统局上海区此次行动，就是落实蒋介石的指示，以示惩戒。

松下太郎不相信两个保镖真的对军统一起行动的人员名单一无所知。即便是内外接应，他们也应该有具体的接头人。重刑之下，其中一个保镖终于招供：刘青是这次行动小组的组长，大年初一上午，他到过愚园路口的沧州饭店，和准时等候在那里的刘青会面；刘青向他了解了一些情况，并且通过他搞到了陈述家的房屋布局图。这个保镖招供说，刘青行动小组的计划是先解决门卫，进大门，然后进厨房，从厨房通客厅的门进客厅。时间以傍晚六七点钟为宜。因为此时为晚饭之前，仆役们准备晚餐，进进出出，便于活动。

松下太郎判断，阿艺要么是军统的人，要么就是天才的侦探或者说特工。不过现在松下太郎还没有工夫对阿艺做过多猜测。他觉得抓住刘青更为重要。或许抓住了这个行动小组组长，就能顺藤摸瓜，捣毁军统局上海区的窝点。但两个保镖对刘青所知有限。一个保镖说，刘青毕业于国立暨南大学，曾经想和同学在福建开发矿业，结果被戴笠相中，连同他的八个同学一同加入了戴笠领导的军统，在杭州警校接受特工训练，后被分配到军统局上海区工作。另一个保镖说，“八一三”淞沪会战爆发之后，戴笠在上海策划了一场和日本老牌特工楠本实隆的特工暗战，刘青是参加战斗的人员之一。

松下太郎听得饶有兴趣。这也是对手啊，很强劲的对手。他很想会会刘青，看看他到底有几斤几两。但两个保镖对刘青再也提供不出新的信息了。任凭怎么严刑拷打，只是惨叫连连。松下太郎最后不得不相信，短时间内，他怕是见不到刘青的面了。这个来无影去无踪的军统特工，或许作为他的对手还会存在一段时间。没关系，他可以等，耐心地等。对于中国人中的精英人物，松下太郎的耐心从来没有缺失。

审讯快结束的时候，松下太郎向两个保镖展示了阿艺那幅未完成的素描：“见过这个人吗?”

两个保镖仔细看了看，先后摇头：“没有。”

“仔细看一看，在你们的行动小组里有没有他?”

“应该没有。”

“应该还是确实?”

“确实没有。”

十二

王隐威为刘青等人大摆筵席。

刘青其实不是王隐威的人。王隐威接任区长之前，刘青就先后在王新衡、梁干乔和周伟龙手下工作，一直担任行动工作。1937年，“八一三”淞沪会战爆发之后，刘青担任少校队长在大场附近负责战场侦察和防范汉奸活动，在军统局上海区，他算得上少壮派。当《申报》登出那篇题为《铁血军破门而入，伪外长即登鬼门》的新闻之后，王隐威才明白，军统局上海区又立奇功了。

王隐威的晚宴不仅请了刘青等行动小组的成员，还特意邀请赵一虎副区长出席。原先，王隐威对赵一虎是不抱期待的。这个人，只要不给他惹事、栽赃陷害就可以了，没想到他还立了一件奇功。虽然说这次行动是赵一虎直接组织的，但作为军统局上海区区长，他王隐威的功劳还是最大的。这不，戴笠得到消息后，第一时间电贺他们两位“精诚团结、共立奇功”。赵一虎听到这消息，表情和王隐威一样，笑眯眯的，仿佛他们两个人之间从来没有心生罅隙。

但是当大家都入座之后，王隐威突然感觉哪里有些不对劲。因为他看到了这个场合不应该出现的人——门儿清。他坐在赵一虎旁边，虽然表情有些紧张，但也伶牙俐齿，与众位行动小组的成员开着玩笑，并将眼神不断地抛向王隐威，试图引起他的注意。

王隐威低声问坐他右手的刘青：“他怎么来了？”

刘青当然明白王隐威问的是谁：“他是我们行动小组的成员啊，这次是熟悉情况的。”

王隐威有些愠怒：“谁让他参加的？怎么没人告诉我这事？”

刘青看了坐在斜对面的赵一虎一眼，想说些什么，又什么都没说。

王隐威瞬间明白了，这个赵一虎啊，还是要生事。赵一虎看上去一脸无辜，对坐在他身边的门儿清照顾有加，但王隐威明白，此人是要利用门儿清搞出大事情来。其实门儿清这个人，赵一虎事先是不知道的。王隐威之所以瞒着他，是想让门儿清为己所用，一旦刺杀松下太郎功成，自己的区长位置就更稳了。现在赵一虎让门儿清提前曝光，以所谓熟悉情况为由，参与刺杀陈述行动，王隐威觉得，麻烦大了。赵一虎此次出牌，用意有二：一、你王隐威的棋子我都了如指掌，而且可以为我所用——现在门儿清坐在他身边一脸温顺的神情，就是明证；二、门儿清参与刺杀陈述行动，表面上是熟悉情况，实际上是让王隐威的底牌提前曝光。以松下太郎的精明，肯定会在调查中掌握门儿清的情况—— 一个马贩子，参与军统重大刺杀行动。他的幕后主使是谁？刺杀成功后，为什么还不跑路，继续待在赛马这个局里，是否还有更大的企图？一番顺藤摸瓜之后，王隐威以及军统局上海区总部的据点迟早会暴露——这个赵一虎，真是狼子野心，以党国大业为诱饵，满足他的个人私欲！王隐威抽丝剥茧分析到此处，对赵一虎多了一层怨望。但表面上，他还是满面春风地举起酒杯，向赵一虎以及在座的行动组成员表示祝贺，祝贺刺杀陈述行动大功告成。

赵一虎也满面春风地表扬了行动组成员，对自己的功劳只字不提。王隐威看着他的表演，觉得此人不去当演员真的可惜了。但接下来，赵一虎的一番话让他心生警惕。赵一虎说："这次，门儿清的表现总的来说还是不错的，经受住了考验，没有怯场。但为了让门儿清在接下来的刺杀松下太郎的行动中万无一失，建议他即日起参加军统行动队的强化训练……"

赵一虎的话是对王隐威说的，王隐威的脸沉了下来。不得不说，王隐威是这个饭局的气场人物，他脸上的阴晴可以左右饭局的气氛。刚刚还是满堂春风的饭局现在突然遭遇了冰霜，门儿清也立刻知趣地收起了逢迎的笑容。饭局上鸦雀无声。

王隐威轻声道："什么刺杀松下太郎的行动？"

王隐威的问话与表情毫无疑问是真诚的，或者说看上去很真诚。赵一虎愣住了，瞬间他也明白了，刺杀松下太郎的行动是王隐威秘密进行的，自己此时公布出来，无疑是打他的脸。不过王隐威的表现堪称领导艺术的典范——一脸真诚，似乎对刺杀松下太郎的行动一无所知。关键是，在场的其他人等还不能质疑王隐威的问话。如果领导表态不知晓刺杀松下太郎的行动，那就是确凿无疑的不知晓，这个是不容置疑的。

赵一虎的脸开始有些火辣辣了。因为他感觉自己被打脸了。赵一虎开始反击了：

"这不是公开的秘密吗？"

应该说赵一虎的反击还是有些节制的。他没有直指刺杀松下太郎的行动是王隐威主导的，而是曲径通幽地称之为公开的秘密，意指大家都可以心领神会。但赵一虎这话在王隐威听来，却是相当刺耳。王隐威理解，赵一虎是在埋怨，军统局上海区是有秘密的，就刺杀松下太郎的行动来说，就是针对他赵一虎的一个秘密，这是党同伐异。而赵一虎又将秘密称之为公开，实际上是在嘲讽他王隐威的领导能力。一点秘密都守不住，军统局上海区说到底还不是姓王的。

王隐威震怒，语调骤然升高："军统局上海区有秘密吗?! 你们都说说看，有吗?”

现场的气氛愈加凝重了。大家不仅鸦雀无声，而且心里都在忐忑不安。正职与副职开始针锋相对了，而且正职逼着大家表态，这实在是一场鸿门宴啊。现在有没有秘密不重要，重要的是站队。站在区长王隐威这边，还是站在副区长赵一虎这边? 不过，这样的表态还是很艰难的。表面上看，王隐威是正区长，赵一虎是副区长，但是赵一虎领导刘青等行动小组刺杀陈述成功之后，这功劳戴笠到底是算在王隐威头上还是赵一虎头上，军统局上海区很多人都在观察。也就是说，在可预见的未来，谁出任新的军统局上海区区长，还是一个未知数。

赵一虎退后一步，为他手下的行动组成员解围:“没有秘密。”

现场气氛似乎一下子缓解了，但是刘青等行动小组成员都没有表态。王隐威心里感慨：人心散了，队伍不好带啊。刘青这些人，说到底还是听赵一虎的。他们没有附和说没有秘密，就是向赵一虎表忠心。王隐威本来想现场逼他们表态的，又怕激之太甚，自己成了孤家寡人，只得作罢。

万籁俱寂中，门儿清不甘寂寞地冒出来了:“王区长，我愿意参加军统行动队的强化训练。以前吧，我门儿清做事都是为了钱。这次追随行动小组的各位大哥去刺杀汉奸，让我觉得做一个中国人还是很解气的。我想好了，以后不贩马了。赛马之后，还请军统能赏我一碗饭吃。不是我门儿清思想觉悟有多高，实在是在外面，在日本鬼子那里，天天是有今天没明天啊，怕得很！没有你们的保护，我的小命不知什么时候就没了……王区长您就收了我吧……”

王隐威斜着眼看他：“你跟我们军统有什么关系吗？在外围看了一下热闹，就想滥竽充数钻进来？”

门儿清急了：“王区长，我可是一直在为您效力啊，刺杀松下太郎的行动，那罐玻璃炸弹我还一直藏着没暴露呢！您这会儿不要我，我可就死路一条了……”

“胡说八道，我给你什么玻璃炸弹了?！要没有你这小子带路，我们军统哪会牺牲十来个兄弟！来人，把这小子给我绑了！”

“且慢！咱军统不能干过河拆桥的事情，不仗义！”

王隐威话音刚落，赵一虎就将酒杯往桌上一蹾，沉声道。

十三

松下太郎看到门儿清的时候一下子就全明白了。

阿艺之所以不敢完成那幅速写是因为门儿清鼻子上的

痣。松下太郎懊恼自己没有早一点想到门儿清鼻子上的痣。

世人总是对熟悉的事情过目即忘。当松下太郎再次注意到门儿清鼻子上的痣时，他才明白，这个人的确和反日分子的活动有关联。他立即抓捕了门儿清。松下太郎抓捕门儿清的时候，附带也抓捕了阿艺。他将他们两个人分开抓捕，分开审讯。松下太郎觉得，不管是军统还是中共组织的活动，都会在接下来的审讯中一览无余。

他有这个自信。

门儿清被审时是有些慌张的。

刚开始，他极力否认自己参与了军统组织的刺杀活动。当松下太郎派人去取那个藏在其床底下的炸弹时，门儿清依旧声称与他无关，自己是被栽赃的；当松下太郎指出门儿清与军统组织接头后，特高课顺藤摸瓜抓捕了十来个军统特工时，门儿清装聋作哑说他不知道军统组织的大门朝哪儿开，自己想接头都找不到地点；当松下太郎直指门儿清参与了军统组织刺杀陈述的行动时，门儿清睁大了一双无辜的小眼睛，流出了窦娥才会流出的眼泪，说自己冤枉死了。门儿清眼泪一把鼻涕一把地说，他胆小如鼠、惜命如金，参与军统组织刺杀陈述的行动，对他来说那就是找死。即便那什么军统组织给赏金，那赏金也是冤死鬼花的，不是他花的。

“这么说，军统给你赏金咯？”

“没有，我就是打个比方啊，太君。”

“你们中国有句话：人为财死，鸟为食亡。”

“那是形容要钱不要命的。太君，我惜命如金。”

“惜命如金……还是为了赏金？”

“不不不，命大于金。我说错了，太君。我没文化啊，太君。”

“真的没有参与军统刺杀陈述的行动？”

“我疯了啊，太君。绝无可能！”

“有人证明你在活动现场。”

“谁？”

“一个落网的军统特工。”

“让他出来，指认一下，是不是认识我？”

……

“没有吧，太君，我真是被冤枉的。”

“还有一个人证明你在活动现场。”

“谁？”

“阿艺。”

“什么？那个狗娘养的，乱咬人啊！让他出来，我要和他对质！”

松下太郎对阿艺的审讯刚开始也是单独进行的。作为一个年过四旬的男人，松下太郎看事情已经有了自己的辩证观。比如对待阿艺，他要看他在单独审讯状态下是什么样子的，与门儿清对质时又是什么样子的。他要看看这个有着很强的逻辑思维能力的中国人，如何见招拆招。

阿艺很快就承认，他画速写时，画到鼻子上的痣的时候，就猜到那个嫌疑人是门儿清。阿艺之所以不往下画，是想保护他。

“为什么保护他?”

“因为我们是三人小组。”

“什么?”

“我们一起参加赛马，发誓要拿到赏金。”

“缺了门儿清，照样拿赏金。”

“不，那样赏金就拿不到了。”

“但是，你包庇门儿清，不仅赏金拿不到，命也保不住了。”

“我没想那么多。”

“不可能。你不仅想了，还试图两全其美。”

“什么两全其美?”

“赛马继续进行，军统的活动你也参与其中。”

“我不知道什么军统的活动。”

“不仅军统的活动，中共地下组织的行动你也参与其中。”

“太君太高看我了。”

“不是吗?”

“我就是一个街头卖艺的，值得这么多组织在我身上押宝吗?”

“你不光是街头卖艺的，你还是一个好特工。”

“什么意思?”

“麻雀是不是你救的?”

“麻雀是我帮助我哥董经营抓的。”

“有抓捕能力，必有营救能力。76号你进出自如，杀人、救人如探囊取物。你说你只是一个参加赛马拿赏金的，谁信?!”

“这么说赛马我不能参加了吗?”

“那个还有意义吗？你现在和门儿清一样，只是我们的鱼饵。”

“鱼饵？你们要钓谁?”

“放长线钓大鱼。这需要你说出来。”

“我真不知道大鱼是谁。”

“你会说出来的。”

接下来的审讯开始进入了混合双打。松下太郎对阿艺动刑了，但是动刑没有任何结果。这让他有些吃惊。如果是一个平民，一个真正的平民，进入特高课，没有不招供的。阿艺的行为看上去很像共产党人了，为了组织机密坚不吐实。但松下太郎对此还是有一点疑惑。一个街头拉二胡的，即便加入了中共地下组织，也不可能这么快就被改造，变成特殊材料制成的人物吧。或许，他真的不知道麻雀的行踪？

但是，阿艺包庇门儿清，这一点毋庸置疑。松下太郎决定从此处着手，让阿艺和门儿清互相对质，说出事情的真相来。审讯室里，门儿清看阿艺的眼神是愤怒的。事实上，这也正是松下太郎的计谋。他让门儿清误以为是阿艺告发了自己，或者起码起到了证人的作用。阿艺有苦难言。他只不过是画了张速写而已，真正的证人另有其人。电光石火间，阿艺猜测松下太郎不让直接目击者宋林出来指证门儿清，而让他这个“画师”来受审，或许就是想观察他和门儿清之间的真实关系吧。

审讯在松下太郎刻意制造的沉默中开始了。他观察到了门儿清的愤怒，也观察到了阿艺的无奈。阿艺轻轻地摇头，做出一个几乎不被注意的手势。松下太郎理解，那是一个摆手的手势。摆手？为什么要摆手？阿艺想阻止门儿清说什么吗?

“无耻!”门儿清给阿艺下定论。

阿艺暗示他:“我真的不知道发生了什么事。我相信你也没在外面乱搞什么事情。我们三个人，只是想着赛马这件事，拿了赏金就走，对吗?”

“不许串供!你，阿艺，狡猾狡猾的。接下来，我问一句，你们回答一句。不许自由发挥。”

阿艺:“我反正问心无愧。”

门儿清:“我反正也问心无愧!”

“八嘎呀路!不许自由发挥你们听到没有?!”松下太郎严厉制止道。

阿艺和门儿清互相看了一眼，沉默下来。

“阿艺，你为什么不画门儿清鼻子上的痣?你是在掩护同党吗?”

“同什么党?我加入什么党了吗?”阿艺装聋作哑。

“说，为什么不画门儿清鼻子上的痣?”松下太郎不耐烦了。

“不会画。”阿艺回答得干脆利落。

“不会画?你前面部分不是画得挺好的吗?是不会画还是不想画?”

“不会画。”

“门儿清，你和阿艺是一个组织的吗？还是他另有组织？”

松下太郎突然虚晃一枪，阿艺一下子感觉头都大了。这个松下太郎，太狡猾了。他这个问话，首先确认他们两人都是有组织的。区别在于是同一个组织还是分属于不同的组织。阿艺自然可以全盘否定，并且可以用诡辩的方式和松下太郎见招拆招。门儿清就不一样了。首先他掌握的信息量少。自己究竟是被谁出卖的还搞不清楚。如果误以为是阿艺举报了他，他会不会将阿艺也拉下水呢？

果不其然，门儿清上钩了：“我就属于一个组织，三人小组。阿艺是不是有另外的组织，我不清楚。”

“什么三人小组？你，还有另外两位是谁？”松下太郎看上去饶有兴趣。

“我，阿艺，还有憨子。我们三个人。三人小组。”

“是军统的行动小组？”松下太郎试探道。

“赛马小组。为了赢得赏金设立的。”

松下太郎大失所望，但随即又试探道：“你觉得阿艺会属于什么组织？中共地下组织吗？”

门儿清瞥了阿艺一眼，气鼓鼓地：“难说。”

阿艺愤怒了：“门儿清，你血口喷人！”

门儿清理直气壮：“谁让你先诬陷我的？你看见我在军

统行动现场啦？”

“我只是画了一幅画。画上的人和你有些像，但不是你。”

“不是我你画那么像干吗？吃饱了撑的？还三兄弟义结金兰，苟富贵勿相忘。这还没富贵呢就开始捅刀子了……”

“捅刀子？我要捅刀子早把你鼻子上的痣画上去了……真是狗咬吕洞宾不识好人心！”

“那你倒是画啊，没痣都把我画那么像，画不画那颗痣还有意义吗？你啊，阿艺，不是我说你，你就是雨后送伞假人情！”

“八嘎，你们别吵了！我问你，阿艺，你见过门儿清床底下的玻璃罐子吗？”

“玻璃罐子？那当然，它不值钱。要是金罐子就好了。这门儿清啊，也就是个穷酸鬼，没事净捡些不值钱的东西回来，还以为捡到宝贝了呢！”

“你不知道它是玻璃炸弹？”

“玻璃炸弹？不可能，从来没炸过。门儿清他疯了？没事捡个炸弹放自己床底下，把自己炸死，顺带把我和憨子也带到阎王爷那里去？疯了！没准，有可能他真疯了。他是谁呀，他是门儿清，什么疯事干不出来呀……”

松下太郎打断他：“别啰嗦个没完。你告诉我，他有没有和军统的人来往，或者和你说过军统的事情？”

“我倒是想他和军统的人来往呀，带我们一起玩，搞点经费什么的花花。可你看这小子的穷酸样，军统会找他玩吗？他连军统的门朝哪边开都不知道……”

“阿艺，你在包庇他！”松下太郎非常认真地说道。

阿艺大大咧咧地说：“是，我是在包庇他。这么说吧，军统的人三天两头和他接头。那个玻璃炸弹是军统的人交给他的，目的是把太君的马找个机会炸死，我们可以赢得赏金……”

松下太郎问门儿清：“是这样的吗？”

门儿清瞠目结舌：“那个玻璃炸弹不是我的，是……是阿艺的。刚才他讲的都是他自己的事情。太君，你看他讲得这么清楚，他目的很明确啊，太君！”

阿艺调侃门儿清：“哈，门儿清，这么说你承认自己长得很穷酸，军统不带你玩吗？”

门儿清有些心虚：“阿艺，你这么玩会把自己玩死的。你不要怪我，我也是没办法。”

阿艺继续调侃：“我不怪你。不过前提条件是你要承认自己长得很穷酸，军统不带你玩。”

门儿清鹦鹉学舌：“我长得很穷酸，军统不带我玩。”

阿艺哈哈大笑：“门儿清，你太可爱了，为了保命，啥话都肯说。”

松下太郎有些糊涂了：“玻璃罐子到底是谁的？”

阿艺：“我的。”

“哪里来的？”

“捡的。”

“你没事捡个玻璃罐子干吗？”

“好玩。”

“好玩？你为什么要放在门儿清床底下？”

“给他玩玩。”

“为什么？”

“我们是三人小组。义结金兰，苟富贵勿相忘。”

门儿清眼泪都下来了：“阿艺，你呀……你……”

松下太郎继续问阿艺：“你知道玻璃罐子是炸弹吗？”

“不知道。”

“真不知道还是假不知道？”

“要知道是炸弹，我这不是找死吗？”

“你就是在找死！说，谁是你的上线？麻雀还是军统的人？”

“你又来了，太君。这样不好玩。”

“我是认真的。”

“我也是认真的。”

“阿艺，你这样耍赖，是无济于事的。”

门儿清的眼泪再次下来了：“阿艺，我……我……唉……”

阿艺：“没你的事，滚一边去。”

松下太郎阴阴地一笑：“什么没他的事。你们俩都有事。不说出你们的组织，谁都活不了。”

阿艺：“三人小组从来就没打算活下去。赢了赛马能活吗？太君会大发慈悲吗？输了比赛，我们有脸活下去吗？四万万中国同胞会让我们活下去吗？门儿清可能会找个地方躲起来，苟且偷生活下去。我阿艺不能……”

门儿清小声嘟囔着：“我也不能。”

松下太郎严厉地盯了他一眼。阿艺则朝门儿清大声喝道：“你闭嘴！他妈的中国人不能都死光了，总要有活下去的人！”

十四

王隐威是个很注重仪表的人。他身材适中，五官端正，喜欢穿西装、高领白衬衣和方头皮鞋，打丝质花领带，很有绅士派头。总之一点都不像个特工或杀手。王隐威的爱好也很高雅。他喜爱古玩，经常驱车往古玩店购置古瓷器、古铜器之类的东西。

有一天，一个名号为温润斋的古玩店的伙计携带一个古瓷瓶，登门拜访王隐威。王隐威曾经在温润斋买过一个梅瓶。他喜欢梅瓶是因为自己爱喝酒。王隐威喝酒是很文雅的，或煮酒论史，或把酒赏雪。上海雪下得少，王隐威更多的时候是把酒赏竹。王隐威在院子里种了修竹。修竹叶子青翠，王隐威看了，很是赏心悦目。他把酒赏竹的时候，才发现酒重要，酒器更重要。不能拿一个海碗把酒赏竹吧，那样有点煞风景。温润斋的老板曾厚植曾经半卖半送给他一对白地黑花梅瓶，瓶身上一书“清沽美酒”，一书“醉乡酒海”。王隐威看了，拍案叫绝。手上把玩梅瓶赏竹之时，王隐威突然感觉自己也是文人雅士了。

曾厚植是个不事张扬的老板。他说这一对白地黑花梅瓶是磁州窑系的，不算精品。梅瓶若论品相，当以元代景德镇青花梅瓶最为精美。哪天有缘，定让先生一饱眼福。曾厚植说这话时，还不知晓王隐威的具体营生。他以“先生”称呼，可谓进退得体。王隐威好奇心起，于旧书摊中淘得一本《饮流斋说瓷》，开始对梅瓶的知识有所涉猎。书中说：“梅瓶口细而颈短，肩极宽博，至胫稍狭，抵于足微丰，口径之小仅与梅之瘦骨相称，故名梅瓶。”王隐威想，瓶犹如此，人何以堪。所谓有容乃大之人，都是深不见底的。看着口径小，实则城府深。他于此方面，还要多加修炼。

那天酒宴上，门儿清口无遮拦地说出刺杀松下太郎的行动，那罐玻璃炸弹他还一直藏着没暴露，意思是他王隐威得救自己。王隐威就想，小人物和大人物的区别还在于城府。大人物看破不说破，小人物说破了，其实他并没有看破。看破之人，会顾全局。什么时候该说，什么时候不该说，靠的不仅仅是情商，还有人生智慧。这门儿清显然是脑子不够用。他以为说破刺杀松下太郎的行动，自己是有功之臣，王隐威就会救他了。实际上这是在找死。因为正是这个行动，导致军统十来个特工被特高课捕杀，这账是该算在他王隐威头上还是门儿清头上呢？王隐威觉得，这是个非常让人忌讳的事情。看破不说破的人对这事会绝口不提，因为这账看着是两个人的，其实是王隐威一个人的。这次行动他是决策者，也是具体负责者。对行动负责，也对他所找的人负责。行动成功，那是他的成功；行动失败，他也必须为他所找的人揽责。因此这个门儿清实在是不够聪明啊，自己跳出来在众人面前特别是赵一虎面前表演，这不是找死吗？所以王隐威恼羞成怒，要门儿清为军统死去的十来个兄弟负责，认定的罪名是门儿清带的路，系汉奸无疑。

但是赵一虎显然想抓住机会有所作为。就在王隐威下令要将门儿清给绑了之时，赵一虎出言阻止，并将酒杯往桌上一蹾，声音低沉而有力，充满了对抗的味道。而且赵一虎选择在王隐威话音刚落时就抛出狠话，一方面是要保门儿清这颗棋子，另一方面是将王隐威的军。他搬出军统不能干过河拆桥的事情这样一个冠冕堂皇的理由，在道义上绑架了王隐威，让他没有退路。门儿清就是在那一瞬间对赵一虎感恩戴德的。在这之前，他是一颗惴惴不安的棋子，有今天没明天。从主观欲望上说，他对王隐威开出的一千大洋赏金有着飞蛾扑火般的渴求。但潜意识里，他又觉得这是一笔带血的钱，是要拿命去换的。特别是十来个曾经和他接过头的军统特工莫名其妙地死于特高课之手后，门儿清开始害怕了。他怕王隐威把这笔账算在他头上。果不其然，这次见面，王隐威就把他当替罪羊了。门儿清真是有苦说不出啊，他突然感觉棋手和棋子还是有本质区别的。棋手掌握棋子的命运，或保或弃，都在其一念之间。但棋子呢，永远猜不透棋手的心思，任其摆布，却又对他心怀恐惧，就像此刻门儿清面对王隐威时的心情。

赵一虎的出手相助，让门儿清备感温暖。赵一虎后来也对门儿清阐明了军统的宗旨，那就是为国杀敌除奸，不藏私利。“不藏私利”这四个字，赵一虎说得很微妙，门儿清却领悟得很深。唉，同样是干军统的，差别还是挺大的。门儿清感慨万千。起初，王隐威出赏金让他借赛马之机暗杀松下太郎，门儿清还感觉对方的确是为国杀敌除奸，不藏私利。

但照现在的情形来看，王隐威的私利还是有的。门儿清不是愚笨之人，仅凭酒宴上王隐威的言行举止，他就大致能够猜出，王隐威是把他当枪使了。暗杀松下太郎的最终目的，是为了坐稳他的区长位置。至于他门儿清的安危死活，已经不在王隐威考虑的范围之内了。

这场酒宴是在微妙的气氛下结束的。王隐威给了赵一虎面子，不再坚持将门儿清绑了。他最终明白，赵一虎在军统局上海区，还是有影响力的。刘青等人都唯他马首是瞻，他说出硬话来，自己不得不掂量三分。但王隐威有一点还是没明白过来，那就是，自此之后，门儿清成了赵一虎的人，成了他的一颗棋子。这颗棋子，不仅布局在松下太郎身上，更布局在他王隐威身上。当然，这些都是后话了。

现在，王隐威心情很好地听温润斋古玩店的伙计聊古瓷瓶。伙计指点着那个古瓷瓶，示意王隐威端详。伙计说："老板，您且看这个青花龙穿花纹梅瓶，高43cm，口径6.7cm，足径15cm……瓶肩部有青花楷书'大明万历年制'横行六字款……此瓶器形高大规整，釉面润泽，青花色泽蓝中泛紫，诚谓万历青花大器的代表作。"

王隐威听了这话，不置可否。他的第一感觉，是这个伙计过于卖弄了。另外，他一开口"老板"云云，让自己心里有些不舒服。唉，温润斋的老板曾厚植要是在就好了。他称呼自己为先生，介绍梅瓶不掉书袋子，每句话都说得那么妥帖，令他顿生知己之感。不像这个伙计，表面上侃侃而谈，实际上不知道是从哪里背来的梅瓶段子，听上去很专业，实际上就是唬外行的。唉，曾厚植为什么不来呢？王隐威心里有些惆怅了。

伙计也是不知进退，继续向王隐威侃侃而谈："老板您再看这个梅瓶。这是景德镇窑青白釉刻花梅瓶。景德镇窑青白釉瓷器胎质洁白，声音清脆，因此有'青如天，明如镜，薄如纸，声如磬'的特点。宋代青白瓷主要以盘、碗类居多，瓶类器物传世较少，所以此梅瓶愈益珍贵。"

王隐威心不在焉了。他问伙计："你们曾老板怎么没来？"伙计没有回答他，似乎在收拾梅瓶。当时王隐威是背对伙计的，双眼似闭非闭。隐隐约约间，他从侧前方大衣柜的镜子里面看见这个伙计竟然用右手从裤袋中抽出一把短小的利斧，正照准自己后脑用力砍下来。

那一刻，王隐威的后背冷汗涔涔……

十五

门儿清的交代是在被松下太郎关押后挤牙膏似的完

成的。

松下太郎的意思很明确，如果门儿清和阿艺不交代出自己背后真实的组织与上线，那就失去了活着的价值。日中赛马当然还会按部就班地进行，只不过中国方面，会另换三个老弱病残来参加，以确保中方失败。

阿艺突然感觉自己一点存在的价值都没有了。在松下太郎的逼供中，他大包大揽地将门儿清的“罪责”都揽了过去。阿艺相信，他是可以在自己强大的逻辑推理能力之下洗清冤屈的，从而让松下太郎释放自己。他没想到松下太郎早已经做好打算，换三个老弱病残来参加日中赛马，以确保中方失败，这样的话，他的洗白还有什么意义呢？不过，阿艺的逻辑思维还是令人匪夷所思的。他告诉松下太郎，如果换三个老弱病残来参加日中赛马的话，那他背后的组织以及上线他将永远烂在肚子里，不会说出来。阿艺说，民不畏死，奈何以死惧之？阿艺说这番话时的神情很像他的父亲董怀德，那个晚清秀才。松下太郎不太明白“民不畏死，奈何以死惧之”是什么意思，直到李默群言简意赅地向他解释之后，他才明白阿艺原来是想找死。李默群解释这句话时表情是复杂的。因为他想到了阿艺的哥哥董经营。可能董经营脑海里从来没有冒出过这句话。董经营脑海里经常冒出来的大概是“识时务者为俊杰”之类的话。李默群也非常赞同这句话，因此他和董经营在同一个阵线里共事。只是阿艺的话突然让他觉得，每个人活法不一样，不过每一种活法都必须付出相应的代价。他不知道自己该付出的代价是什么，但他很清楚阿艺即将付出什么代价。

阿艺也很清楚。但阿艺慢悠悠地告诉松下太郎，他们之间，存在着双输与双赢两种结果。所谓双输，就是阿艺拒不交代他背后的组织与上线，命将不保，松下太郎换人参赛，但最终拿不到他所需要的东西；所谓双赢，阿艺以自己为诱饵，配合松下太郎参与赛马，在赛场上，引出背后的组织与上线，让松下太郎一网打尽。阿艺赢得赏金，松下太郎得到他所需要的东西。

松下太郎笑了。他笑阿艺太聪明。这个金蝉脱壳之计，只能用来骗骗一般人。但他松下太郎不是一般人。松下太郎要的是现在。现在，他阿艺就必须将他背后的组织与上线全都交代出来，否则不要说赛马与赏金，性命都将不保。松下太郎说："这个逻辑这么清晰，你难道不明白吗？"

阿艺叹一口气，说他当然明白。他现在要赌的，就是松下太郎的好奇心——阿艺会不会真的以自己为诱饵，配合松下太郎参与赛马？阿艺说，这的确是个不确定的事情，但不确定的事情比完全没有可能发生的事情要确定那么一点点。如果松下太郎没有耐心，现在就杀了他，那就什么事情都没有可能发生了。

松下太郎倒吸一口凉气。他第一次觉得，自己的逻辑思维不如阿艺缜密。在非此即彼的选择背后，阿艺发现了第三条道路，那就是人的好奇心，或者说对残存一线的可能性的不抛弃、不放弃。阿艺赌松下太郎，在非此即彼之后，一定会选择他的第三条道路。松下太郎想了一下，发现自己只能按阿艺设计好的路径行走。直到这时，他才真正明白“民不畏死，奈何以死惧之”的意思是什么。那就是光脚的不怕穿鞋的。一个底层平民，什么都没有的时候，命也就不值钱了。松下太郎突然想起“绑架”一词。绑架是要赎金的，赎金其实也就是命金。所以绑架者一般都选择富贵之人下手，因为他们的命比较值钱，出得起赎金。但阿艺的命呢？松下太郎觉得双输其实输的是自己。即便双赢只剩下百分之一的可能性，他为什么不赌一下呢？

至于门儿清，松下太郎并没有轻易放过。

阿艺的大包大揽松下太郎看得很清楚，这更加重了他对门儿清的怀疑。事实上，即便没有阿艺的大包大揽，松下太郎也不可能放过门儿清。床底下的玻璃炸弹，和他接触过后死于非命的十来个军统特工，陈公馆案发现场保镖宋林的指认，这一切足以构成完整的证据链，让门儿清无处遁形。松下太郎之所以让他们互相指证，就是想从中发现更多的信息。他现在得出的结论是，门儿清表面上看比较机灵，事实上智商和情商远不如阿艺。并且，松下太郎能感觉出来，门儿清不是个硬骨头，贪生怕死。从他身上找突破口，再合适不过。

果然，在动刑之后，门儿清很快就招供了。从玻璃炸弹到奉命暗杀松下太郎，以及事后能领到多少赏金，门儿清事无巨细都说了。但松下太郎感兴趣的阿艺的政治面貌，门儿清却一问三不知。即便加大酷刑力度，门儿清除了嗷嗷惨叫之外，还是吐不出更多的信息。这让松下太郎有些失望。如果阿艺不是军统方面的人，他为什么对门儿清大包大揽呢？就这个问题，松下太郎和颜悦色地讨教了门儿清。酷刑之下的门儿清含着满口血水含糊不清地说："这小子傻呗，把三人小组当成三兄弟了。代我受过，也是没活明白。"

"你们三人小组，确定不是军统小组织？"松下太郎满脸狐疑。

"军统小组织？太君，您饶了我吧。我们三人，哪一个长得像军统？除了我……"

松下太郎看了门儿清一眼，满脸鄙夷："你最不像。倒是阿艺，有几分像。"

"阿艺，为什么是他？"

“因为他比你聪明，能扛。”

王隐威后来觉得，一个人有敏锐的身手，关键时刻是可以救命的。

那天，当他从侧前方的大衣柜镜子里面看见那个伙计用右手从裤袋中抽出一把短小的利斧，正照准自己后脑用力砍下来时，他一个懒驴打滚，瞬间躲过。伙计的利斧砸碎了梅瓶，发出了响亮的声音。门外的警卫闻声而进，很快就抓住了这个刺客。

作为军统局上海区的区长，王隐威遭遇刺客不是第一回了。但这一回刺客孤军深入，在他家中用利斧行刺，还是让他深感震惊。接下来的审讯又让王隐威感到意外。这个伙计竟然不是中国人，而是日本人。准确地说是特高课的一名职业杀手。王隐威不明白日本人为什么会直接对他下手，而且目标如此精准到位。在他家里，用利斧行刺，要的就是置他于死地。王隐威脑海里产生的第一个疑问是日本人是怎么找到他的住处的，情报是从哪里外泄的？第二个疑问是日本人既然可以找到他的私人住处，那军统局上海区的据点看样子也不是一个秘密了。但是审讯的结果还是出乎王隐威的想象。这个能说一口流利汉语，甚至对梅瓶的掌故了如指掌的日本人交代说，他们只知道王隐威的住处，对军统局上海区的据点并不知晓。因为那个叫门儿清的马贩子只肯交代前者。

王隐威瞬间明白了这一切，以及这一切背后的原因。

是赵一虎在搞鬼！而门儿清成了他手中的棋子！

王隐威感觉自己还是大意了。那天酒宴上，当赵一虎将酒杯往桌上一蹾，沉声说出“且慢”之时，他不应该半推半就，把门儿清推到对方阵营去的。当时的门儿清，一定会产生自己是弃子的感觉；当时的赵一虎，一定会善加利用，让门儿清改换门庭，成为对付他王隐威的一颗棋子。日本特高课现在只知道他王隐威的住处，对军统局上海区的据点并不知晓，背后原因只有一个，那就是赵一虎让门儿清故意落网，选择性地交代他王隐威的住处，借日军之手铲除异己！王隐威立即找来赵一虎，他要揭穿对方的阴谋，为军统局上海区清除内奸。

赵一虎却不是一个人来的。他的身边还跟着刘青。

“我要和赵区长单独谈一下，刘队长请自便。”王隐威的话说得很委婉，但隐约还有一丝不快。这个赵一虎啊，真是越来越不像话了，无论去哪里，身边都跟着行动队副队长刘青。赵一虎几次向王隐威提出，要给刘青转正。王隐威刚开始没细想，觉得刘青资历还不够，自己新官上任，再考察一下也不迟。赵一虎提的次数多了，再加上刘青看向自己的眼神越来越阴郁，王隐威才猛然醒悟这是赵一虎的笼络之术。表面上，行动队队长一职是自己封的，但提出的人是赵一虎，刘青感恩戴德的还是他，而不是自己。王隐威后来脾气上来了，发誓只要自己在军统局上海区一天，就不会给刘青转正。而刘青后来就对王隐威越来越疏远，直至和赵一虎形影不离。赵一虎有一次喝醉了酒放出话来，说刘青表面上是副队长，实际上是行动队的一号人物，他赵一虎对他只会全力支持。王隐威听到这个传言，心里一阵恶心。唉，这个赵一虎，权谋之术倒是用得极好，这样下去，军统局上海区的战斗力和血性怕是要消失殆尽了。

刘青这次果然紧随赵一虎，对王隐威的话充耳不闻。

王隐威看向赵一虎。赵一虎沉吟了一下，对刘青说："你先出去吧。有事我再叫你。"

刘青顺从地离开了。

王隐威心里涌上来一股悲凉。有事我再叫你，什么意思？要当打手吗？这军统局上海区还是党国的天下呢，不是你赵一虎的天下！但王隐威没有过多计较。他单刀直入："门儿清是怎么回事？"

赵一虎装聋作哑："什么怎么回事？"

"他被抓了。"

"你怎么知道？"

“我怎么知道？特高课的杀手都杀到我家里来了！”

“哦？这和门儿清被抓有关系吗？”

“你说呢？”

“我怎么知道？他又不是我的人。”

“不是你的人？难道是我的人吗？”

“可不是你的人吗？王区长单线联系门儿清，准备刺杀松下太郎，这在我们区里已经是公开的秘密了……”

赵一虎真是哪壶不开提哪壶，这让王隐威深感愤怒：“放肆！不许再说什么公开的秘密！”

“怎么了，王区长做都做了，就不许我们赵区长说一说？”

刘青从办公室外面不请自入，手摁在斜插在腰间的勃朗宁手枪上，面无表情地说道。

王隐威气得脸都青了。

“放肆！我和王区长谈事，你插什么嘴？滚出去！”

赵一虎厉声怒喝，刘青顺从地离开，但仍待在办公室外面没有走远。王隐威突然想到了“影响力”一词。在军统局上海区，他的影响力看来远不如赵一虎。赵一虎表面上厉声怒喝，实际上是将刘青视作自己人。刘青顺从地离开，就是对赵一虎忠诚的表示。王隐威缓了缓口气，觉得局面已经失控了。

“何苦呢，要借刀杀人，也不要借日本人的手啊。你真看上区长这个位置，我王某可以让贤的。”

“王区长说哪里话，我怎么越听越糊涂啊……”赵一虎看上去一脸真诚。

“呵呵，难得糊涂，难得糊涂啊……”

“还请王区长明示！”

“真要我把遮羞布都掀开吗？”

“请王区长明示！”

“好……行刺我的特高课杀手交代，他们只知道我王隐威的住处，对军统局上海区的据点并不知晓。因为那个被抓的叫门儿清的马贩子只肯交代前者。”

“什么意思？”

“什么意思？你比我更清楚什么意思！”

“王区长怀疑我借刀杀人吗？”

“难道不是吗？”

“那好，我斗胆问区长，门儿清是职业特工吗？”

“一个马贩子而已。见利忘义！”

“不错，区长这话精辟。见利忘义，何谓见利忘义，那就是利字当头，义摆两边。军统局上海区的据点门儿清不是没来过，王区长不就是在那里宴请他的吗？”

“我宴请的是你们行动队的人，不包括他。你也是多事，把他叫了来……奇怪，你为什么叫他，难道不怕暴露我们的据点?”

“王区长这下明白了吧，我要借刀杀人，会把门儿清带到我们军统局上海区的据点吗?再一个，你的私人住处我从来没有告诉过他，至于区长你是不是私下在住处联络过门儿清，赵某我就不知晓了。”

赵一虎的话逻辑性很强，王隐威被绕糊涂了。这一刻，他开始怀疑自己之前的判断了。半晌，王隐威长叹一声：“不管是做局也好，苦肉计也罢，你把希望寄托在这样一个马贩子身上，真是找死!”

赵一虎：“王区长的话，赵某我听不懂。”

王隐威进一步分析道：“你赵一虎要借刀杀人，门儿清必须具备忠、义、智、勇四大素质。且听王某细细道来，所谓忠，当然是对你赵一虎要忠心耿耿。只供出我王隐威的私人住处，打死也不说军统局上海区的据点，这是门儿清的忠。义，是门儿清的家国大义。毕竟以苦肉计对付凶残狡诈的松下太郎，很可能会被识破，并且被处死。单纯为了赏金而为，那是得不偿失的。这是门儿清的义。智，是智慧。既然是苦肉计，就要伪装自己，与松下太郎过招。没有高超的智慧、随机应变的本领，很可能被一眼识破。勇，则是勇气。这样深入虎穴的行为，一般人吓得胆子都破了。门儿清一个马贩子，哪来的勇气，去为你赵一虎拼命呢？而且忠、义、智、勇四大素质缺一不可才能功成，你说，他门儿清有吗?”

赵一虎不语。

王隐威悠悠地说道：“人啊，不怕聪明，就怕太聪明。不怕自己聪明，就怕别人不聪明。你赵一虎就真的不怕，酷刑之下，门儿清带特高课直捣我们军统局上海区的据点?!”

赵一虎还是不说话。但此刻的沉默不语不同于刚才。他是真的有些后怕了。王隐威还是很聪明的，这么细致地一分析，不得不说还是有一些道理的。特高课是什么地方？职业军统特工进去都架不住招供的地方，他门儿清凭什么要为自己大义凛然？其实，赵一虎用“大义凛然”一词是有些心虚的。他的确是借刀杀人，除掉王隐威，自己取而代之。私下里，赵一虎不认为自己是争权夺利。他也是想为党国尽忠的。但王隐威玩小动作，他也只能奉陪到底。门儿清答应自己深入虎穴，去招供王隐威的私人住处，其实是在赵一虎意料之中的。刺杀陈述行动中，赵一虎特意带上门儿清，是为他洗脑；王隐威盛怒之时他刀下救人，是施恩于对方，令其日后不得不为自己肝脑涂地；在随后的几次军统除奸行动中，赵一虎都刻意让门儿清在场，以培养他为国尽忠的意识。门儿清的热血似乎被点燃了。深入虎穴之前，松下太郎意外认出了这个人就是刺杀陈述行动的参与者，立马将他抓捕了。门儿清也将计就计，在酷刑之下不得不招供军统局上海区区长王隐威的私人住处，这其实都是赵一虎借刀杀人计划的一部分。

但是王隐威的推理也合情合理。门儿清既然在酷刑之下招供了军统局上海区区长王隐威的私人住处，那他会不会招供军统局上海区的据点呢？甚至包括他赵一虎的私人住处？因为赵一虎猛然想起，有一次门儿清未经许可居然冒冒失失跑到他家里来。问是谁告知的地址，回答是刘青。赵一虎便想，一个人有没有头脑还是很重要的。刘青到现在之所以还是行动队副队长，与他缺乏头脑很有关系。

当然现在最重要的问题还在于门儿清。他会不会叛变？或者不用“叛变”这个词，他会不会经受不住松下太郎的严刑拷打，从而招供出军统局上海区的据点甚至包括他赵一虎的私人住处？这一点赵一虎实在是没有把握。

“你，还是自求多福吧，我们军统局上海区，也要自求多福。唉，多行不义必自毙，多行不义必自毙啊！”王隐威的话听起来饱经沧桑。

赵一虎没有承认也没有否认王隐威的话。他在对方面前暂时不能做出任何反应。因为一旦承认是自己指使门儿清行苦肉计的话，就等于是授人以柄。他不会上这个当。但是对于门儿清，他还是要采取行动的。自己太大意了。军统局上海区的据点甚至包括他赵一虎的私人住处都掌握在一个马贩子手里，怎么能让他深入虎穴，去使什么苦肉计呢？

必须痛下杀手，越快越好，赶在门儿清有可能招供之前。

松下太郎对手下特工刺杀王隐威失败感到非常恼怒。

帝国的杀手实在是太让人失望了。密闭的房间里，一对一，还拿不下一个中国人，实在是耻辱。最关键的是，这次行动失败等于是打草惊蛇了。王隐威接下来肯定会搬家，加强警卫措施，再想抓住他，就没那么容易了。

当然，仅仅是抓住一个王隐威，松下太郎还是不太满足的。他要的是整个军统局上海区。可门儿清抵死也不承认自己知道军统局上海区的据点。一度，松下太郎真的相信，门儿清是军统局上海区的外围人员，甚至连外围人员都不是，只是一个棋子或者说诱饵，军统局上海区的据点，是不可能让他知道的。因为多一个外围人员知晓，就多一分危险。特别是，分据点已经有十来个军统特工被特高课杀死，军统局上海区本部早就应该对门儿清高度怀疑和戒备了，怎么可能让他知道本部地址呢？所以，松下太郎对门儿清基本上不心存幻想了。

但门儿清，怎么会知道王隐威的私人住处，并将它透露出来呢？松下太郎冒出一个可怕的想法——这门儿清，是不是隐藏着一个重要的使命呢？而揭发王隐威，是这个使命的组成部分。

使命到底是什么呢？如果军统局上海区区长都可以作为诱饵被牺牲，那他们想得到什么呢？松下太郎准备抽丝剥茧，分析个明白。

“你怎么会知道王隐威的私人住处？”

“因为他信任我。”

“他凭什么信任你？”

“我替他们军统做事，不信任我那信任谁？”

“王隐威和你单线联系吗？”

“是……不是……”

门儿清开始吞吞吐吐了。他突然觉得，松下太郎的这个问题隐含陷阱。如果说是单线联系，显然不合情理。以军统局上海区区长之尊，单线联系一个马贩子，这说法可信吗？按常理讲，这会增加区长暴露的可能性，没有必要；如果不是单线联系，那门儿清怎么会知道王隐威的私人住处？所谓个人友谊云云，那都是哄小孩的话。刀尖上行走，你跟我谈友谊，骗鬼啊！

“到底是还是不是？”

松下太郎步步紧逼。

“不是。”门儿清咬紧牙关，选择了一个相对稳妥的答案。

“那你单线联系的是谁?”

“是……另外一个人。”

“到底是谁?”

“刘青。”

“联系方式?”

“每次都是他找我。我不知道他住哪里。”

“嗯，你保护得挺好。”

“谁?”

“你说的那个刘青。”

“我真的不知道他住哪里。”

“知道军统局上海区区长的住处，却不知道单线联系人的住处，你们军统的组织纪律性就是这样奇怪的吗?”

“报告太君，我不是军统的，我是替军统做事的。”

“这么说来，军统局上海区本部的地址你也不知道咯?”

“是的。”

“我明白了，你果然不是军统的，你是替军统某一个人做事的。”

门儿清大吃一惊：“谁?”

“想取代王隐威的人。是他，向你透露了王隐威的私人住处吧？”

门儿清大骇。至此，他不得不佩服松下太郎惊人的判断力。而且对于自己，他也感受到了深深的危险。松下太郎既然能猜到这一层，那对他门儿清的真实身份和使命应该也一清二楚了。

但门儿清依旧在负隅顽抗：“太君说笑了。我门儿清虽然是个马贩子，但也不是他们军统互相算计的工具。凭什么呀？又不给我钱。即便给我钱，我做了这事，有命花吗？不值得。”

“这也是我深感困惑的地方。你是义士吗？”

“不。”

“你是勇士吗？”

“不。”

“你忠于某种信仰吗？”

“除了钱。”

“你爱这个国家吗？”

……

门儿清无言以对。

“你爱这个国家吗？”松下太郎重复问道。

“我只能说，我不会出卖这个国家。”

门儿清说到这里，眼眶里有些湿润。

“你被洗脑了。”

“什么？”

“你被军统洗脑了。”

“爱国不需要洗脑。很惭愧，我爱得还不够。”

“回到刚才那个问题。说出想取代王隐威的人。”

“没人想取代王隐威。”

“那你为什么出卖他？”

“太君您不是想要这个结果吗？我如果不出卖他，太君您会给我活路吗？”

“呵呵，刚才你还说自己是爱国的。”

“爱国，我也爱自己这条命。”

“有时候，爱国和爱自己的命，只能二选一。”

“我爱国，也爱自己这条命。”

“只能二选一。”

“那……先保住我这条命吧。”

“呵呵，你真无耻。”

“太君，没办法呀，您冲到我的国家来，逼着我二选一，我有的选吗？”

“嗯，我很喜欢你的诚实。接下来，你要继续诚实，配合我说出军统局上海区本部的地址。”

“太君，我真的不知道呀。”

“你不诚实。你现在是爱国，不爱自己的命。”

“不不不，太君，我不爱国，爱自己这条命。”

“那就说出来。”

“我真的不知道呀。”

“动刑!”

松下太郎失去了耐心。

十六

赛马终于如期举行了。

跑马厅是一座钢筋混凝土结构的建筑，一百多米长，四层高，建筑面积达两万一千平方米，1932年前由跑马总会花费二百万两白银，请英资马海洋行设计并建造，内有上海第一个游泳池，堪称远东最好的跑马场。

松下太郎要的就是这个最好。当然他最想要的还是大日本帝国在赛场上轻而易举地获胜。他相信这个结果马上就要到来了。

阿艺、门儿清、憨子三个中方赛手出现在跑马厅一侧。他们身后，是那匹曾经瘸腿的马可怜虫。现在可怜虫腿伤刚好，像它的三个主人——疲惫不堪，仿佛劫后余生一般。

阿艺的压力是最大的。他给松下太郎的承诺是，这场比赛之后，他将交代自己所参加的组织以及联系的上线。比赛完毕，他如果不信守承诺，不管结果如何，都是一个死。但松下太郎的期待更多一些。他想以阿艺为诱饵，钓出其身后的组织与上线。现在，松下太郎看得越来越清楚了，阿艺身后的组织只能是中共，而他的上线只能是麻雀。关于那个漏网的麻雀，松下太郎是很想把他重新抓捕归案的。而且松下太郎相信，麻雀对阿艺不可能见死不救，毕竟阿艺对他有救命之恩。退一步讲，即便阿艺与麻雀素不相识，但只要阿艺代表中国参加了这场比赛，中共地下组织就很有可能保障他的人身安全。所以松下太郎相信，在这个有上万民众观看的赛场上，一定有麻雀的人在伺机行动。他现在要做的，就是布下天罗地网。不管麻雀的人是不是预谋刺杀自己，他都决不会放跑任何一个可疑人员。

门儿清出现在赛场上可以说是真正的劫后余生。

上次松下太郎对他动刑之后，门儿清奇迹般地挺住了。不是他对军统这个组织有多么忠诚，更谈不上有什么信仰。就像他自己所说，除了钱，他还真说不出自己信仰什么。门儿清认为，信仰这东西太累，属于没事给自己上套。门儿清需要这样的束缚吗？他扪心自问，觉得完全没有必要。他之所以能扛住酷刑，只是出于对赵一虎的感恩戴德，或者说知遇之恩吧。当王隐威像扔掉一块抹布一样扔掉已经暴露或者说失去利用价值的门儿清时，是赵一虎站出来保护了他。而此次赵一虎要假他之手去铲除王隐威，门儿清觉得，他完全没有道德内疚。王隐威待他太薄情，赵一虎待他如兄弟，孰轻孰重，他是分辨得出来的。现在借刀杀人计划功败垂成，责任却不是他门儿清的。不管怎么说，门儿清也算是报答了赵一虎。

正是因为有这样的考虑，门儿清才挺过了松下太郎的酷刑。一度，松下太郎以为自己的逻辑推理出现了问题。是不是判断错了，门儿清真的不知道军统局上海区本部的地址？他之所以指证王隐威的私人住处，也只是因为被他人指使，成了借刀杀人的工具。工具嘛，用过就扔了，谁都不可能让工具知晓更多，因为那样做的结果，反而会伤害到使用它的人。松下太郎想，这个门儿清，看来是个弃子了，不可能再有别的价值。

但是，一次计划缜密的刺杀行动让松下太郎觉得，门儿清不仅不是个弃子，甚至是价值连城的重要棋子。刺杀发生在戒备森严的特高课，三个持重武器的军统敢死队队员几乎以自杀式袭击的方式强攻关押门儿清的牢房。门儿清身负重伤，两个军统敢死队队员当场身亡，剩下那一个生命垂危，奄奄一息。不过日军也付出了相应的代价——三死一伤。松下太郎大为震惊。在他的印象中，军统的对日行动大多以暗杀为主，极少采取这种以卵击石式的强攻。这是为什么？

答案其实很简单，那就是门儿清的价值。门儿清的身上一定隐藏着让军统局上海区不惜代价要干掉他的秘密。三个军统敢死队队员来此是不准备生还的，那以常理推之，门儿清身上的价值一定大于三个军统敢死队队员的性命。那是什么东西呢？松下太郎恍然大悟。除了军统局上海区本部的地址，还能是什么呢？

抢救回来的门儿清却对松下太郎的兴致勃勃淡然处之："我不知道军统局上海区本部的地址，这三个人，只能是王隐威派来的，挟私报复。"

"就这么简单？"

"就这么简单。"

"不会的，王隐威现在已如惊弓之鸟，哪里还敢主动出击？"

"他是军统局上海区区长，被我一个马贩子出卖，怎能咽下这口气？"

"门儿清，你评价自己的行为是出卖，很好。你还可以再出卖一次的。我可以给你钱，大笔的钱。"

“出卖什么?”

“军统局上海区本部的地址。说出来，我给你一千大洋。”

“我不知道。”

“你肯定知道，只是有顾虑罢了。门儿清我告诉你，你可以爱国，却不必爱军统，因为军统代表不了这个国家。”

……

“他们派人暗杀你，他们尔虞我诈。你只是他们利用的一个工具。是棋子，一个弃子。你知道他们为什么会派杀手杀你吗?还用上了重武器……”

“他们，是来救我的。”

“你太天真了。门儿清，他们的机关枪是对着你扫射的，不是对着我们大日本帝国的军人。他们的敌人是你，不是我。”

“不可能。”

但是真相在层层揭开。接下来，松下太郎向门儿清提供了那个奄奄一息的军统特工吐出的供词——是赵一虎派他们来刺杀门儿清的。原因没说。事实上门儿清在看到这份供词之前就明白了本次刺杀行动的性质。躺在地上的一个军统敢死队队员和门儿清一起参与过刺杀陈述行动，是赵一虎的亲信，和王隐威素无往来。见到这个人的尸首时，门儿清就明白，的确是赵一虎要灭他。他反复思考自己的行为，觉得没有对不起赵一虎的地方，一切都是按照他的旨意在行事：行苦肉计，供出王隐威。特高课也派人去刺杀了王隐威。但是没有成功，错不在他门儿清。赵一虎现在想杀他灭口，原因是什么呢？

松下太郎向门儿清一再分析，他现在身上最值钱的情报就是军统局上海区本部的地址，赵一虎想杀他灭口，目的就是阻止他叛变。但门儿清对这一分析并不认同。因为这个分析在门儿清看来存在明显的漏洞。赵一虎实施借刀杀人计划时，就明白门儿清不仅知道军统局上海区本部的地址，甚至还知道他赵一虎的家。如果赵一虎防着他，这苦肉计就不会实施。因为借刀杀人计划，很可能给他赵一虎自己也引来杀身之祸。从这个意义上说，赵一虎对门儿清是绝对信任的，门儿清也感佩于这份信任，才在松下太郎的严刑拷打面前宁死不屈，始终没有透露军统局上海区本部的地址。门儿清自我感觉，这次自己之所以被追杀，大概是因为王隐威劫后余生，洞悉真相之后，对赵一虎异常愤怒。而赵一虎为求自保，只好派精兵强将追杀他，以泄王隐威怒气。

但松下太郎何许人也，他对门儿清的心理轨迹了如指掌。松下太郎提醒门儿清，这件事的始作俑者是赵一虎，他门儿清只是赵一虎的棋子，王隐威不可能舍本逐末，去刺杀门儿清却放过赵一虎。门儿清被不计代价地追杀，原因只有一个：军统上下醒悟过来，一个马贩子的忠诚是不可靠的，不能寄希望于他的忠诚来确保军统局上海区本部的地址不外泄，当然对赵一虎来说也是如此。他不能寄希望于门儿清的忠诚来确保自己的私人地址不外泄——此次参与刺杀的三个特工都是赵一虎的人，这一点就是明证！

门儿清身上的血渐渐往头上涌。他的脸涨红了。他找不出松下太郎这番话的漏洞。毫无疑问，自己再一次成了弃子。上一次，他是王隐威的弃子；这一次，他是赵一虎的弃子。军统上下弃他如抹布，用过即扔。

“虽然说军队不是国家，但军队是国家的良心。现在国家良心这样对你，你还有必要为它效忠吗？”松下太郎循循善诱。

“军统不是军队。它……它就是一个特务机构……我，我门儿清可以不效忠它，但我不能卖国……”门儿清的脸上沁出了汗珠。他无力地辩白道。

“哈，门儿清，你自视太高了。别忘了你就是个城市贫民。作为马贩子，你最多只能卖卖马。我，一个日本人，可以和你建立平等的金钱关系。军统局上海区本部的地址，说出来，我给你一千大洋。”

“嗯，让我想一想……”

“好好想想，别亏待了自己。”

“……我想好了……”

“说。”

“我不知道。”

“真的不想要一千大洋？”

“想。”

“命也不想要？”

“想。”

“说出来。”

“我不知道啊……”门儿清瘫在地上号啕大哭。

门儿清最终还是没有说出军统局上海区本部的地址。这里面的原因有两个。第一，军统势力强大，自己如果出卖它，难保有一天不被重庆方面收拾。门儿清没那么傻。第二，出卖军统局上海区本部地址，让它全军覆没，在门儿清看来就是汉奸行为。他是一个马贩子，但也有底线，那就是不做汉奸。

门儿清再次遭受了严刑拷打。好在命没有丢。松下太郎也无意取他性命。松下太郎的目的是获取军统局上海区本部的地址。即使口供得不到，他也会保住门儿清的性命。因为只要这个人活着，军统局上海区的上上下下就寝食难安。而且松下太郎还让门儿清上了跑马厅，参加日中赛马。他要引蛇出洞，以此人为鱼饵，诱军统特工上钩。对于这一点，门儿清自己也很明白。现在的他就是个移动的靶子。上万的现场观众中，究竟隐藏了多少军统杀手，子弹会从哪个方向飞过来，门儿清防无可防。赛马这天阳光灿烂，看台上人山人海，欢呼雀跃。门儿清站在比赛起点处，眼泪突然就下来了。

比赛开始的时候，阿艺告诉憨子，还是由他来做骑师好了。

事实上憨子的脚已经迈不动了，更别提跨上马背。上万人的气场把憨子吓着了。憨子这才明白，自己永远只能是个黄包车夫，伺候一两个人可以，多了，他就怯场了。

门儿清也不敢上场做骑师。他明白自己是个移动的靶子。不管马跑得多快，子弹永远飞得更快。松下太郎也明白这一点，所以他指定阿艺做骑师。松下太郎此举是一箭双雕，既保护了门儿清，也通过阿艺的上场达到引蛇出洞的目的。这一场赛马，松下太郎的目的是诱使军统和中共地下组织双双冒头，他好来个一网打尽。

阿艺上场之前，董经营对他有过语重心长的交代：只许输，不许赢。特别是不许和麻雀及中共地下组织有任何形式的接触。董经营警告弟弟，欲使董家平安无事，阿艺在赛场上的所作所为至关重要。阿艺半开玩笑地对哥哥说，他的作用就是引蛇出洞。如果中共地下组织不出现，松下太郎就不会放过他。董经营想了想，还是摇头说，多一事不如少一事，和中共地下组织搭上边，跳进黄浦江里也洗不清了。阿艺笑笑，说不管中共地下组织露不露脸，他都洗不清自己了。

父亲董怀德却交代阿艺，和日本人的比赛只许赢，不许输，否则他就不是董家子孙。董怀德说这番话时，慢性支气管炎正发作得厉害，咳嗽声惊天地泣鬼神，一句话几乎是分三次说完的。阿艺听上去，仿佛这是父亲的临终遗言，显得那样郑重其事。阿艺想了一下，还是把哥哥董经营的话转告给父亲，意思是你们两位，我到底听谁的。董怀德半天才回过气来，悠悠说道："死不足惧，身后骂名却关涉列祖列宗，你自己看着办。"

阿艺其实已经拿定了主意，但身体却出了很大的问题。他的脚差不多瘸了，走路一瘸一拐的。这是特高课严刑拷打的结果，为了逼迫阿艺交代其所联络的组织与上线，松下太郎下令动用酷刑。阿艺明白，这是松下太郎有意为之——腿瘸了的骑师，能夺得赛马的胜利吗？

人腿不行，马腿也不行。马腿的断骨虽然接上去了，行走还不是很利索。而另一侧的东洋大马，看上去精神饱满，一副营养很好的样子；那个日本骑师，甚至还穿着军装，佩着战刀，完全是一副行军打仗的模样。

看台上安静了下来。一丝颓丧的气息在弥漫，空气中似乎充满了无望的情绪。任何一个理智的人都明白，这是一场没有悬念的比赛。谁胜谁败一目了然。阿艺瘸腿蹬鞍上马，却几次滚落在地。伸不直的腿没有受力点，无法借力马鞍让另一条腿跨过马背。最后一次滚落在地时，阿艺意外地看到了父亲正俯身跪地，准备要以背为凳助儿子上马。阿艺惊呆了。他明白自己不能这样做，因为这有违孝道。就在他犹豫不决间，董怀德呵斥阿艺，如果不按他吩咐的去做，才是真正的有违孝道。阿艺还在犹豫，时间在一分一秒地过去。场外，董经营犹犹豫豫地想进来，似乎要取代父亲的角色，助阿艺上马，但在松下太郎严厉目光的注视下，又胆怯地退回原位。

董怀德："你再不上马，日本人就宣布你罢赛了。"

阿艺还是不动。

"父亲的脸面重要还是国家的脸面重要?!你这个浑小子!"董怀德着急得准备要打儿子了。

阿艺只得踩着父亲的背上马。踩踏之下，董怀德又发出一阵惊天地泣鬼神的咳嗽声，随后咳出一大团带血的浓痰，阿艺惊呼，急欲下马察看，被董怀德死死拦住。董怀德虚弱地说："浑小子，下马容易上马难，为父我，再也没有力气助你上马了……"

阿艺只得含泪骑在马上，等待出发的号令。董怀德蹒跚离去，阿艺目送父亲回看台。进口处，一队日军全副武装地进入，随后铁门哐的一声关上，整个跑马厅再无出口。

枪声响起，把阿艺吓了一跳，等他明白过来，旁边的东洋大马早已经跑出去十几米——比赛就这样猝不及防地开始了。

事实上，比赛一开始，阿艺不是被东洋大马打败，而是被脚下的坐骑可怜虫打败了。由于被松下太郎关押了一段时间，阿艺根本就没机会接触到可怜虫，更遑论训练了。马对他也不亲，再加上它自己的腿也没好利索，它并不好好跑，而是想方设法要将阿艺甩出去。东洋大马一骑绝尘，可怜虫和阿艺的较量却在原地进行得如火如荼。松下太郎看得哈哈大笑，董经营想表达自己的情感，却也只能陪着松下太郎"欣慰"地微笑。董怀德捶胸顿足，血又咳了出来。看台上的观众一片哀叹声。门儿清虽然有些不忍心看，但他此刻的注意力不在马上，而在看台的观众席里。他不知道子弹什么时候会飞过来，无声无息地要了他的性命。唉，不知道什么时候开始，自己竟然成了众矢之的。一向是远离政治，不懂得政治为何物的门儿清发现自己一不留神成了这个时代或者说时局的牺牲品了。

憨子突然跑到场边，对阿艺大声说了些什么。憨子说话之时表情诚恳，可怜虫看到了，从赛道上走过来，马嘴蹭着他的脖子，向他表示亲昵。憨子对阿艺说："还是我来吧，可怜虫跟我亲。"可怜虫仿佛听懂了憨子的话，马鼻子一响，发出了长长的嘶鸣声。

但是憨子没能上马。因为松下太郎制止了他。松下太郎用战刀示意他，不得轻举妄动。憨子被战刀架着脖子，一步步往后退。可怜虫的眼泪大颗地往下滴。在阿艺和门儿清被关押的这段时间，只有憨子陪着可怜虫。憨子明白，如果今天他上场，可怜虫肯定会玩命地往前跑，和东洋大马一争高低。但是阿艺和它就不亲了，怎么办？

憨子在离开赛场之前，对阿艺喊出的最后一句话是"亲它的脖子"。阿艺不明所以，但他明白，憨子要自己这么做肯定有他的道理。阿艺俯下身子，一边用手轻抚马脸，一边亲吻它的脖子。可怜虫很快安静了下来，它扭头看阿艺，阿艺突然发现，马的眼神变柔和了，甚至有一些悲天悯人的意味，仿佛此刻他们俩就是命运共同体，你中有我我中有你，共同面对不可知的成功或者失败。阿艺热血上涌，双脚一蹬，不顾刺痛，大声道：“拼了吧，可怜虫！为我们的三人小组！”

可怜虫再次长啸一声，开始奔跑了。松下太郎刚开始对可怜虫的奔跑不屑一顾，毕竟是瘸过腿的，毕竟阿艺也是瘸过腿的，毕竟阿艺不是专业骑师，在这之前，甚至没骑过几次马，和大日本东洋大马比赛，能赢吗？但很快，松下太郎的表情凝重了。因为可怜虫的发力完全是拼命式的。它似乎看懂了人间悲剧，或许只有赢得那匹东洋大马，它才可以和它的主人憨子在一起。差不多三圈之后，可怜虫赶上并且超过了东洋大马。松下太郎阴沉着脸看向门儿清和憨子。门儿清已经无所谓了。事实上他现在并不关心赛马，输赢对他来说还不是最重要的，最重要的是，自己不要死于非命。他只是提醒憨子，阿艺要是赢了比赛，估计赏金一分没有不说，弄不好松下太郎会要了他们的命！憨子恍然大悟，他脸上的表情开始变得复杂起来。

松下太郎走到憨子身边，告诉他，马上上场，替代阿艺，赛马决不能赢了东洋大马。憨子有些害怕，但最后还是摇了摇头。他告诉对方，自己腿很软，上不了马，要不还是让门儿清去吧。松下太郎看向门儿清，门儿清也一副害怕的样子说：“太君，您是知道的，军统特工很可能在看台上，随时寻找我。我如果上马，输了比赛，他们非打死我不可！”

“你怕死吗?”

“太君，瞧您说的，是人哪有不怕死的?”

“我看你替军统做那些事情，就是不想活了!”

“我现在想活了。太君，真的想活了。”

“那就上去，下一圈时替代阿艺。”

“太君，有一句话我先说在头里。我输了比赛不要紧，万一军统杀手提前开枪，比赛没完就打死我了，那这比赛，大日本帝国赢了也不光彩啊，您说是不是?”

门儿清的话开始让松下太郎左右为难了。他阴沉地看了对方一眼，不再固执己见。

照这样跑下去，可怜虫胜利在望了。看台上的气氛也沸腾起来。“中国，加油!”不知谁先吼了一嗓子，紧接着上万名观众开始异口同声地喊:“中国，加油!”可怜虫仿佛受到了感染，在弯道超速时再一次发力。按照赛马规则，再跑一圈它就赢了。就在这时，枪声响了，子弹呼啸而过。阿艺瞬间发现，马血喷了出来。可怜虫的耳朵被打穿了。紧接着，阿艺被甩了出去，摔倒在几米开外。

可怜虫腿一软，半跪在赛道上。它或许是被吓着了，又或许是跑累了，不复向前。看台上先是鸦雀无声，随后声浪一阵阵起来，抗议声不绝于耳。几声响亮的枪响过后，日本宪兵队跑步进场，个个荷枪实弹，枪口都朝向看台位置。声浪慢慢平息下去，观众们大多是一副敢怒而不敢言的表情。空气凝固了，仿佛火药桶，点一根火柴就能爆炸。

东洋大马继续往前奔跑，很快超越了可怜虫。有部分观众用双手捂住了眼睛，不敢再看下去。比赛的结果似乎大局已定。谁都没想到，这时憨子突然冲向可怜虫，翻身上马，追赶遥遥领先的东洋大马。观众席又开始沸腾了。但很快，沸腾停止，因为理性的人都看得出来，尽管可怜虫重新出发了，却难以力挽狂澜。因为它和东洋大马之间，差不多还有半圈的距离。松下太郎看着这半圈距离，欣慰地笑了。

阿艺不忍目睹，双手捂住了眼睛。他突然觉得对不起麻雀。麻雀是多么希望他赢啊，但是，这样的马，这样的人，怎么可能赢得了那匹东洋大马和那个日本人。一切就这样吧，要面对现实。

但是憨子不想面对现实。憨子之所以不想面对现实是因为他是憨子，思维方式跟别人不一样。憨子俯首马耳旁，很认真地说道："可怜虫，你其实不是可怜虫，我才是可怜虫呢。我们三人小组，一个个都是可怜虫。阿艺和门儿清比赛完了就要死，松下太郎逼他们引蛇出洞。蛇出不出洞他们都要死。我也要死了。赢了，日本人要我死；输了，我也没脸活下去。你是唯一要活下去的，骄傲地活下去的汗血宝马！

对，你不是可怜虫，你是汗血宝马！你的身上，流着高贵的血液，你的祖祖辈辈，向谁屈服过呀？奔跑吧，我骄傲的汗血宝马，超过那个东洋杂种!!”

憨子一拍马脖，瞬间坐直了身躯，仿佛雕塑一般，在奔跑的马背上纹丝不动。可怜虫仿佛也听懂了他的话，慢慢开始提速，越跑越快，与东洋大马的距离越拉越近。松下太郎的眉头皱了起来。那东洋大马似乎感觉到了威胁，也开始加速，一瞬间，与可怜虫的距离又拉大了。松下太郎的眉头开始舒展了。

最后一百米，两匹马只隔一个马身的距离；五十米，东洋大马只领先一个马首的距离；十米，并驾齐驱。一支枪管举了起来，瞄准了可怜虫，但一瞬间瞄准镜里出现东洋大马的身子，枪管不得不放下。

冲线之时，可怜虫赢得东洋大马半个马头！

全场沸腾，紧接着枪声响起。全场又变得鸦雀无声。日本宪兵队荷枪实弹，杀气腾腾地鸣枪示警。松下太郎站起来示意，全场观众一个个被搜身后方能离开，原定的庆功仪式取消。跑马厅，唯一的一个出口只开了一条缝，只容一人进出。阿艺和门儿清被带到出口处，仔细辨认每一个离开的人。他们的身后，是增援的日军。阿艺和门儿清都明白，这叫瓮中捉鳖。松下太郎说，他不要过程，只要结果。结果为零，他们两个就是最后的瓮中之鳖。松下太郎这话不仅是对阿艺和门儿清说的，也通过扩音器对全体现场观众说出去了。松下太郎说的这番话，绝大多数观众都听得稀里糊涂，但他相信，在场的中共地下组织和军统特工应该都听明白了。

跑马厅散场检查工作进行到一半的时候，观众席上突然出现了一阵骚乱。有人开始谩骂、打架，也有人尝试往出口处冲击。秩序突然变得有些混乱了。松下太郎仿佛明白骚乱制造者的意图，他下令宪兵队强力弹压。但是鸣枪示警没有任何效果，骚乱一波波扩大，已经有几百人开始打群架了。松下太郎拔出手枪，随意往看台上的骚乱人群射击。有几个人倒下了，骚乱戛然而止。但就在这时，看台上响起了惊天动地的爆炸声。人群像炸了窝似的，四处乱窜。

场面完全失控了。

十七

尽管八年时间过去了，松下太郎每次走进虹口公园时，仿佛还能闻到一股血腥味。

虹口公园似乎天生就与暴力或者力量角逐有关。1932年发生的爆炸案与“一·二八”事变有关。那一年的1月28

日，日军向驻守上海闸北的中国国民革命军第十九路军发动猛烈进攻。中国军队在进行了一个多月的抵抗后，逐渐不敌日军。随后，在英、美、法、意等国调停下，中日双方开始进行谈判。

实际上这个谈判还是带着很浓的火药味的。谈判的过程中，在上海的日本军政要人决定借4月29日庆祝天长节（昭和天皇生日）的机会，在虹口公园举行“淞沪战役祝捷大会”。而就在这次“祝捷大会”上，发生了“虹口公园爆炸案”，朝鲜抗日义士尹奉吉向主席台投掷炸弹，炸死占领军司令白川、日本侨民居留团团长河端，炸伤日本驻华公使重光葵、驻沪领事村井以及占领军舰队司令官野村、师团长植田等。

那时候的松下太郎，还不是日军特高课第二课课长，只是一名普通的情报人员。但他随后参与了爆炸案的调查与审讯工作。他觉得，这是大日本帝国的耻辱，一个普通的朝鲜青年，要了一干日本重要人士的性命，而且是在戒备森严的“淞沪战役祝捷大会”上，无论如何，这样的事情都不能再发生了。所以他这次力排众议，将日中赛马颁奖典礼放在虹口公园来举行，就是要昭示天下，日军战无不胜、攻无不克不仅仅是神话，更是当下的现实。这是1940年的春天，虹口公园还是那个虹口公园，但日军已不是当年的日军。它变得更加勇猛，毫无软弱之处或者说破绽。

情报是在一个黄昏获得的。一个被抓获的军统特工交代说，军统局上海区决定在虹口公园采取行动，于日中赛马颁奖典礼上炸死松下太郎，同时刺杀门儿清。被抓获的军统特工同时交代，本来在跑马厅，五个乔装打扮的军统特工就准备动手炸死松下太郎、刺杀门儿清的。但是没想到中国获胜，颁奖典礼取消，松下太郎又来了个瓮中捉鳖，刺杀行动不得不临时取消。而看台上的打架与声东击西的爆炸，都是为了给五个军统特工脱逃制造的烟幕弹。

松下太郎不得不佩服自己的计谋与远见。决定将日中赛马颁奖典礼放在虹口公园来举行，其原因有二：一是受了阿艺在跑马厅说的那番话的刺激。阿艺说，如果不给赏金，不举行颁奖典礼，你们还将输一次——输掉气度，输掉对比赛规则的尊重。笑着给对手颁奖，才是强者的风范。松下太郎当然知道，这是阿艺的激将法，但客观地说，也是很有道理的。愿赌服输，大日本帝国不能给人以无赖的感觉，这是松下太郎的第一判断。所以颁奖典礼必须举行，而且要在虹口公园隆重举行。爆炸案是一方面，另一方面，松下太郎想让阿艺活着看到自己的气度，他不仅要举行颁奖典礼，还要给他们三人颁发千元大奖！其二是将虹口公园当作一个战场

——真正的决战将在这里进行。松下太郎在《海上观察》等上海主要报刊上发布消息：鉴于阿艺、门儿清与中共地下组织以及军统有勾结，颁奖典礼举行后将现场处决二人。松下太郎相信，中共上海地下组织不会见死不救。至于军统局上海区，可能会乐见其成，但松下太郎已将自己当作诱饵，钓他们上钩。而那个被抓获的军统特工的交代，恰恰印证了这一点。

尽管已经是春天，虹口公园的花依旧开得没精打采，似乎失去了激情和对生命的渴望。“八·一三”事变后，虹口公园全部被日军占领，并改名为“新公园”。此后，中国人很少敢去公园，因为此地已经是日本侨民集中居住的地方了，而原公园靶子场东南部，则被日本人改建为“日本上海神社”，用来纪念和追悼侵华日军战死官兵的灵堂。换句话说，虹口公园已经被日军重兵把守，这也是松下太郎敢在此处举行颁奖典礼的重要原因。

阿艺的感觉很不好。那张《海上观察》阿艺已经看到了，是林文和逸之拿给他看的。林文说，他不希望颁奖典礼同时又是阿艺等人的葬礼，他将组织一批作者写重磅评论，揭露松下太郎的丑恶嘴脸；逸之则表示要现场采写报道，阻止松下太郎行刑。阿艺感动于这份古道热肠，暗示逸之千万别来现场。阿艺说，现场将会空前热闹，中共地下组织、军统特工都极有可能采取行动，逸之来现场，将有生命危险。没想到逸之一听这话，更来劲了。他说这样的话那就非去不可了。这不是虹口公园之现场，而是上海之现场，中国之现场。《海上观察》作为一份负责任的报纸，必须在场。

“那报纸怎么办？你们的报馆，很可能会被日本人查封。”阿艺忧心忡忡。

“不怕。如果委曲求全，那《海上观察》宁可玉石俱焚。”林文一改往日的首鼠两端，也开始慷慨激昂起来。

阿艺的父亲董怀德没有去现场。他咳血很严重，已经卧病在床了。阿艺出发的时候，董怀德从床上坐起来，目送他离去。阿艺说：“阿爸，您还有什么要交代的？”董怀德摇摇头，突然又说道：“如果有下辈子，我们还是父子。”阿艺点头。阿艺本来想宽他心，安慰说没事的，又一想，这样的安慰真是无济于事。这样的年代，生死只有一纸之隔。

“其实你哥也不错。”董怀德莫名其妙又说了这样一句话。

“我明白。他是没办法。”

“如果，他保护不了你，让他把你的遗体带回来。”

董怀德最后如是说道。阿艺再次点头，很用力。

门儿清亲眼看到，两个军统特工在虹口公园被当场抓获。他们是在日本军方的工兵探测与会人员身上有无携带爆炸物时落网的。门儿清甚至认出其中的一个特工，和他一起参与了上次的刺杀陈述行动。这个特工在挣扎过程中被几个日军摁倒在地，脸被一只军靴踩得变形，一只眼珠子几乎全陷在污泥里了，门儿清看见另外一只眼珠子与自己对视，并且露出了惊讶的神情。随后这份惊讶转化为警告和愤怒。

门儿清的后背顿时感觉凉飕飕的。

门儿清看向身旁的阿艺，阿艺轻声安慰他说："没事，不是针对你的。"阿艺说这番话时，站在不远处凝视抓捕现场的松下太郎转过头来看了他一眼，似乎听到了什么，又似乎什么也没有听到。而憨子对这一切无动于衷。他好像只关心赏金，并且相信这赏金一定能拿到。

门儿清不敢回应阿艺的安慰。他实在不好判断，这两个军统特工的刺杀计划，究竟是针对他还是针对松下太郎的，或者兼而有之。上次跑马厅散场时的爆炸声，让门儿清瞬间明白军统对他的诛杀计划已经箭在弦上，只差一个机会而已。那今天，会出现危机吗？除了这两个军统特工，是否还有其他特工已经浑水摸鱼进入虹口公园，准备对他门儿清发出致命一击？关于这一点，门儿清实在不好做出肯定或否定的回答。

但松下太郎对此事却不敢大意。此次安排日本军方的工兵探测与会人员身上有无携带爆炸物，就是他的决定。这个决定现在看来是完全正确的。松下太郎感到奇怪的地方在于，这两个军统特工的伪装术实在是太高明了。两人伪装成日侨参加颁奖典礼，随身携带饭盒、水壶，还手持一面日本国旗，甚至边走边唱日本国歌《君之代》，从外形上看绝对想不到他们是军统特工。虹口公园门口的日军工兵是从他们身上的饭盒、水壶探测出问题的——这些饭盒、水壶竟然就是炸弹，只是做成了饭盒和水壶的形状。两个被抓获的军统特工招供说，他们是从报纸《上海日日新闻》登出的一则消息得到启发的。这份日本报纸刊登了日侨参加颁奖典礼的入场须知：要随身携带饭盒、水壶，还要带一面日本国旗，以便日方供应饮食。军统局上海区本部随即请兵工厂的技师在炸弹专家的指导下赶制出了十多个饭盒和水壶炸弹，专门用于这次刺杀行动。

松下太郎听到有十多个饭盒和水壶炸弹被生产出来时，脑袋“嗡”了一下。他仔细审问两个被抓获的军统特工，到底军统局上海区本部有多少特工参与此次刺杀行动。这两个特工信誓旦旦地说，就他们俩，没别人了。当然，松下太郎是个审慎而多疑的人，这样的回答他是不会轻易相信的。安检排爆工作一直在有条不紊地进行，可直到最后一名观众进场，排爆人员也没能再检出一枚炸弹来。

虹口公园内的颁奖典礼会场，日本人搭建了高两米、宽六米的主席台，主席台后面站着一群日本宪兵，构成了一条半圆形的警戒线。主席台上，七个日本政要依次而坐，松下太郎也端坐其中。颁奖典礼开始的时候，全场日军官兵和数百名日侨扯着嗓子高唱日本国歌，阿艺注意到，松下太郎的神情略微有些慌张，但他在极力控制自己。阿艺也注意到，台下的几百名观众中，并没有麻雀的身影。这让他感到放心的同时，也略微有些失望。从现在开始，命运要掌握在自己手里了。本来，他也没指望麻雀会来救自己。因为这根本就是鸡蛋碰石头的事情。这样一想，阿艺的心又定了不少。既然死亡不可避免，那就不如从容归去。

松下太郎还真的煞有介事地安排了颁奖典礼。总额为一千大洋的支票被松下太郎很体恤地一分为三授予阿艺、门儿清和憨子三人。松下太郎自己亲任颁奖嘉宾，笑容可掬地向阿艺、门儿清和憨子三人表示祝贺。赛马的日本选手只获得了一百大洋的赏金。他垂头丧气地上台领奖，突然间又做出剖腹自杀的举动，被松下太郎严词呵斥后只得悻悻然下台。

颁奖典礼结束，就在日本国歌即将唱完的时候，阿艺突然发现，有一个人猛地冲向主席台，拔出了水壶炸弹的安全扣，奋力将它扔到主席台上。轰的一声，主席台上烟尘四起，哀号声响起。松下太郎直挺挺地躺在地上。

随后，阿艺听见爆炸声、枪声此起彼伏，不断地有日军中弹身亡。紧接着，阿艺被一个陌生人迅速拽走，与此同时，他听到交火声变得非常猛烈。与他一起被拽走的，还有门儿清和憨子。阿艺想明白了，这是有人或者说有组织在营救他们三人小组。这个组织有二三十个人，边打边撤，在第一时间突出了重围。

阿艺被带到了安全地带才真正看清那个营救他的陌生人的脸——他撕下那张以假乱真的人皮脸，露出了庐山真面目——麻雀。

十八

麻雀身上有很多谜团。比如他精通易容术。麻雀可以用硅胶制作仿真人皮面具。在当时，一般的仿真面具与人的皮肤相比，还是略显粗糙，虽然远看不易发现，但要是仔细看的话，不难辨别。可麻雀制作的人皮脸，达到了以假乱真的程度。

由此，他和他的小组轻易混进了颁奖现场。

麻雀后来说，他营救的不是阿艺一个人，而是三人小组。

因为这个小组为中国赢得了荣耀。

事实上，麻雀的行动是一次冒险的行动。尽管事前他通过眼线联系了军统局上海区，希望以营救三人小组为目标，联合展开行动，王隐威表面上答应里应外合，但当虹口公园内爆炸声响起时，军统行动小组还是临阵脱逃了。这导致麻雀行动组牺牲十多人，麻雀也因此受到上级的严厉批评。

阿艺不了解这一切。阿艺只知道，麻雀想发展他们三个人加入中共地下组织。在逃亡过程中，阿艺想，有一个组织保护自己，终归是好事情。

门儿清却不想加入这个组织。他现在对“组织”这个词非常反感。在军统的遭遇使他明白，在组织里面，自己就是个牺牲品，是上层尔虞我诈的工具。王隐威也好，赵一虎也好，最终对他都只是利用。所以门儿清不想刚刚从一个组织逃出来，又钻进另外一个组织里去。

憨子的态度则是不死不活。他不明白这个组织为什么要救自己。因为松下太郎说得明明白白，颁奖典礼后，要处死的是阿艺和门儿清，他憨子应该没有生命危险的。可就在他口袋里的三百三十三块大洋支票还没有焐热时，爆炸声响了，紧接着地下组织的人不由分说地劫持了他，他懵里懵懂地来到了他们的一个站点。所以他想离开这个组织。

门儿清去找老婆了。这是一次底气雄壮的寻找，因为门儿清的身上揣着支票换来的三百三十三块大洋，这让他觉得踏实。门儿清不想让自己变得很庸俗，也不愿意想象他老婆金银花是个庸俗之人。事实上，三年前金银花离开他的时候，正是门儿清口袋里一个子儿都没有的时候。门儿清叹一口气，将心比心地想，如果自己是个女的，而自己的丈夫处于朝不保夕的状态，那自己会不会离开另觅吃食呢？门儿清觉得用“吃食”这个词来形容他老婆和自己，非常形象。这样的乱世，能觅得一口吃食，是多么艰难的事情啊。有时候需要牺牲一些东西，有时候需要抹黑自己，换句话说，你得为吃食付出代价。门儿清想，一个人真的到了绝境之时，什么事都可能或者说可以干出来的。

所以他原谅了金银花。初春的阳光打在门儿清的脸上，门儿清突然有一种想流泪的感觉。这阳光多么温暖，充满着劫后余生的温煦和宽容，门儿清想，他该过一个正常人的日子了。三百三十三块大洋，足够他和金银花富足地过完下半生了。门儿清决定原谅金银花曾经做过的一切，也原谅自己难与人言的上半生。他点了青鱼秃肺、红烧圈子、生煸草头、白斩鸡、鸡骨酱、糟钵头、虾子大乌参、松江鲈鱼、枫泾丁蹄等十几道上海名菜，然后拿起筷子对一路跟随他的阿艺和憨子说："吃！"

这是在和平饭店的"扒房"，上海顶级餐饮场所。经常光顾这里的是国际政要和社会名流，包括当时赫赫有名的沙逊爵士和世界各地的富绅们。他们在此享受美味，举手投足间早带了富贵之气。从容典雅的做派，是门儿清再练三辈子也练不出来的。门儿清深深地叹一口气，觉得人和人之间的区别，大于人和动物之间的区别。当然他并不想成为沙逊爵士那样的人，因为他觉得每天保持这样从容典雅的做派，其实也挺难受的。做人，到底还是怎么舒服怎么来。门儿清大声打着饱嗝、放着响屁，再一次对阿艺和憨子说："吃！"

阿艺是带着使命来的，他要说服门儿清加入中共地下组织。门儿清却笑阿艺太单纯，拉二胡拉傻了，对加入麻雀所在的组织一事执迷不悟。门儿清语重心长地跟阿艺说，他参加赛马不是为了加入什么组织。不错，他是曾秘密加入了军统组织，但目的不是为了党国什么的，而完全是因为钱——一千大洋。所以人生的目标就是钱。钱代表着价值，老婆孩子热炕头，在他人面前高人一等，都是钱可以办到的。至于尽孝，买副棺材厚葬死去的高堂，同样离不开钱。现在，他们拿命挣到了这些钱，就应该好好享受。

"就这些菜，啊，青鱼秃肺、红烧圈子、生煸草头、白斩鸡，你们说哪个不是钱堆出来的？没有钱，你们想离开和平饭店，吃多少得吐多少出来！甚至，翻倍！看看，那些门口的打手可不是吃素的!”

在某种意义上，阿艺承认门儿清说的是对的。他也不是天生的革命觉悟高得吓人。他们三个人，是麻雀他们舍命救出来的。阿艺觉得面对他们的救命恩人，就这么一走了之，不仗义。

阿艺对门儿清的苦口婆心和门儿清对阿艺的苦口婆心在憨子听来都有道理。憨子憨憨地认为，阿艺和门儿清在赛马后有性命之忧，但松下太郎说过是不杀自己的。憨子原先的打算是，领了三百三十三块大洋赏金后，三人小组就此解散，他们各人干各人的营生。阿艺过他一家三口的日子；门儿清去找他传说中的老婆重归于好；至于他自己，是要成为上海滩拥有多辆黄包车的黄包车夫。憨子甚至豪迈地想，自己是不是也可以雇几个伙计帮他踩黄包车，这样才谈得上快马加鞭地发家致富。

可是生活，为什么走着走着就突然变样了呢？当初他们三个人是奔着赏金去的，怎么一不留神，就要成为一个前途未卜的革命者？这在以前，憨子是从来没有想过的啊……

这顿豪华的晚餐，三人吃得各怀心思，真是百般滋味齐上心头。门儿清和阿艺都喝了酒，一个嚷嚷着三人小组从此解散，今晚，大伙吃的就是散伙饭；另一个嚷嚷着做人不能无耻到这个地步，要散伙，先把命还给救命恩人，一命抵一命，我们可是欠了人家十几条人命啊。你门儿清可以昧良心，我阿艺决不！

憨子清晰地看到，阿艺吼出“决不”两个字时，他手中的酒杯狠狠地砸在了地上，发出了清脆的声响。那撞击声是如此响亮，让周围好多窃窃私语的人都表情惊愕，仿佛看到了来自非文明世界的丑陋举动。

门儿清无言以对，或者说他不敢再大声地解释什么。毕竟这样的夜晚、这种场合，他们三人小组还是处于危险境地。三个人无声地撤了，憨子边撤边将桌上的美食往怀里揣。他的一个直觉是，这辈子怕是再也吃不到这么好的美食了。门儿清给三人小组摆了一顿最后的晚餐，就像他说的，散伙饭。三个人越来越清晰地认识到，没有一个共同的目标值得三个人齐心协力去完成它。在这之前，目标应该是赛马。他们三人完成了。但是赛马之后呢？关于加入组织的问题，很显然他们没有达成共识。

他们只能撤，在这个世事混沌的夜晚。上海滩的夜晚。

门儿清历尽千辛万苦才打听到他老婆金银花这三年一直跟着一个开小饭馆的糟老头混。门儿清得知这个消息时，心情是悲喜交加的。悲的是金银花太没出息。要傍新主，怎么着也得找个有钱的。金银花其实长得不难看，仔细打扮起来，还是风情万种的。当然门儿清不知道“风情万种”这个词。他的感觉是风骚。风骚的女人一般男人都喜欢，门儿清自己也喜欢得紧。那些年，门儿清在这个世界上最爱两样东西。一个是马，一个就是金银花。马他爱千里马，女人他只爱金银花。但是，当金银花委身于小饭馆的糟老头时，门儿清发现自己在这个世界上只爱一样东西了，那就是马。人会欺骗，人会背叛，但马不会。门儿清想，马要是会欺骗他的话，赛场上可怜虫就不会死命跑了。毕竟那一千大洋的赏金不是赏给马而是赏给人的。所以门儿清自始至终爱马。

之所以说门儿清悲喜交加，是因为他觉得老婆金银花回头有望。自己虽然不算相貌堂堂吧，但比糟老头强；糟老头开小饭馆，他怀揣三百多大洋，还是比对方强。所以这一天，门儿清走向那家小饭馆时，心情还是很美好的。虽然他有时觉得好马不可以吃回头草，水性杨花的金银花不能要，但老婆是一回事，男人的尊严和面子是另外一回事。现在重要的不是夺回老婆，而是将开小饭馆的糟老头踩在地上。门儿清认为这样的感觉才叫爽。

枪声就是在这个时刻响起来的。子弹呼啸过耳，门儿清感觉那子弹是长了眼睛的，直擦着他耳边过。一颗未遂，一颗又至，第三颗甚至直接打穿了他的耳朵。门儿清吓得立刻尿失禁了。门儿清突然顿悟：钱财都是身外之物，和平饭店那顿丰盛的晚餐，自己为什么不多吃几口，或者点得再丰盛一些呢？

但是门儿清没有死。虽然枪声还在绵密地响着，但他再也没有体验到子弹呼啸过耳的糟糕感觉。后来的枪弹声短促而沉闷，听上去比先前呼啸过耳的子弹杀伤力大得多。背后不远处，有人惨叫着倒地，最终什么声音都没有了。

门儿清姿势难看地趴在地上，裆下都湿透了。一时半会儿他还不敢爬起来，因为他本能地觉得危险还没有过去。这是一场莫名其妙的枪战，毫无疑问最初子弹是冲着门儿清来的，但是为什么，子弹的呼啸声消失了呢？门儿清不明所以。

门儿清是被阿艺和憨子扶起来的。那晚，从和平饭店出来后，门儿清以为三人小组就此解散了，因为道不同不相为谋，大家都奔各自的前程去。但门儿清没想到，阿艺和憨子还是一直跟着他，对他不离不弃。门儿清相信，阿艺对他的跟踪是主动的。这个人，真是一根筋，自己要入中共地下组织不说，还一定要三人小组一起入。门儿清感觉自己对他，真是鸡同鸭讲了。而憨子的跟踪很显然是被动的。和平饭店的那个晚上，门儿清感觉憨子的立场跟自己更接近。大家都是实实在在谋生活的人，憨子也有着凡夫俗子的发财梦，阿艺何苦要拉着他们去干掉脑袋的事情呢？门儿清想不通。

但是在那个枪杀案现场，门儿清不得不佩服阿艺的逻辑推理能力。阿艺说，门儿清今天是死里逃生，但是下次，不一定有这样的运气，因为日本人不会时刻在他身边保护他。

日本人，保护我？门儿清完全蒙了。

阿艺条分缕析。他说，先前呼啸过耳的子弹是军统杀手射向门儿清的。他们必须杀人灭口。尽管门儿清在日本人那里没有招供出军统局上海区本部包括赵一虎的地址，但军统宁可信其有而痛下杀手。后面短促而沉闷的枪声是日本人射杀军统杀手时发出来的。现在当街横躺的那具尸体就是军统杀手的。一切环环相扣，一切相互制衡，现在唯一可以确定的一点是，门儿清以及三人小组正在刀尖上行走。命悬一线，唇亡齿寒。

形势看上去很紧张。就像阿艺后来分析的，虽然一切环环相扣，一切相互制衡，但是日本人不可能全方位二十四小时保护他们。最要命的是日本人保护三人小组的目的是挖出麻雀和中共地下组织。阿艺接着说，三人小组现在其实已经和中共地下组织紧紧绑在一起了。因为在日本人看来，他们的价值就在于中共地下组织。如果三人小组和中共地下组织没有关系，分分钟会被干掉。找到中共地下组织，并且寻求他们的庇护，这才是三人小组的存活之道。阿艺循循善诱，连憨子都频频点头。很显然，他都听明白其中的道理了。

但门儿清还是一心一意要去寻找自己的老婆。他已经不想和阿艺废话了。关于组织的真相，门儿清自认为比阿艺看得透。门儿清以为，组织是需要炮灰们去保护的，哪有组织出面保护炮灰的道理？他现在，只想离任何组织远远的，一门心思寻找凡人的幸福。

老婆金银花终于被他找到了。金银花最初听说门儿清费尽心机寻找她，只想躲得远远的。她不知道自己这辈子有没有爱过这个男人。有时候金银花想，“爱”是一个多么奢侈的字眼啊。她做姑娘的时候，是希望找一个自己喜欢的男人的。那时候的金银花还不敢把“爱”这个字说出来，后来跟了门儿清后，发现连饭都吃不饱，金银花才明白，这世上最大的爱其实就是吃饱饭。连饭都不让我吃饱，还想让我爱你？做梦去吧。金银花想得很朴素，也很决绝。离开门儿清后，她很快就爱上了能让她吃饱饭的开小饭馆的糟老头老金头。老金头其实并没有多少金子，但作为开小饭馆的金掌柜，老金头最大的能耐就是能让他的女人吃饱饭。当然严格地说，金银花还不是他的女人。老金头在老家是有女人的，只是带不出手，老金头也不想带她出来。有了金银花，老金头很快体味到了“家外有家”的滋味。金银花也死心塌地地跟着他，仿佛自己从来没有过一个外号叫“门儿清”的丈夫。

直到有一天，门儿清有意无意之间向她透露，自己其实是富贵还乡，身上揣着三百多大洋呢。金银花刚听到这个消息时，心里并没有狂喜，甚至连一丝丝喜都没有。毕竟外号叫“门儿清”的人，再富贵，能富贵到哪里去呢？但很快，金银花的眼睛就瞪圆了，因为她真切地看到了大洋！门儿清不是一下子将三百多大洋掏出来的，而是一块一块地掏。掏到十多块的时候，金银花开始后悔了；掏到一百多块的时候，金银花哭了。她说够了够了，不用再掏了，这辈子就跟你了。门儿清仿佛没听见，一丝不苟地将三百多大洋全部掏出来，摞在桌上，跟小山似的。

金银花说不出话来。她看一眼小山似的大洋，又看一眼门儿清，仿佛门儿清就是那大洋。半晌，金银花说：“你怎么可以有这么多钱？死鬼。”

金银花说“死鬼”的时候，门儿清仿佛身上触电一般，麻酥酥的。门儿清知道，这个女人的心，总算回来了。关于恩爱，金银花有自己独特的表达方式。一般她骂门儿清“死鬼”的时候，其实是说，嗯，我爱死你了。

门儿清就很享受“死鬼”这样的问候。这是来自金银花的问候，门儿清想，在离开他之后的三年时光里，金银花有没有将这个专属于他的问候语转送给开小饭馆的糟老头呢？金银花的眼泪马上就下来了，他也配？那个糟老头……

在上海滩的灯红酒绿里，在三百多大洋的熠熠光彩下，门儿清宁愿相信金银花的每一句话都是发自肺腑的。门儿清想，不发自肺腑又能怎样呢？在这样的一个乱世，活下去其实就是最大的胜利。至于活的方式，并不重要。

“这些钱，其实都是我的命。现在我把命交给你了。”门儿清郑重其事地将三百多大洋捧到金银花跟前，仿佛是真将自己的命交给这个女人了。金银花接过大洋的方式也是郑重其事的。她这一次真的是发自肺腑地说：“放心，死鬼。有我呢。”

但是半个月后，门儿清就被军统给抓了。抓他的人正是赵一虎手下的行动组。彼时，门儿清已经带着金银花搬了三次家，不仅将阿艺和憨子甩得一干二净，门儿清相信，即便是日本人和军统，也不可能找到他。但事实上，军统是通过跟踪金银花找到门儿清的。这叫放长线钓大鱼。

门儿清被抓捕前已经买到两张船票了。他甚至都已经走到金银花住处门口，正打算推门而入。军统行动组的两个成员就在这时一前一后冲上来，不由分说扑倒了他。门儿清很快被捆绑了，两个拇指被以一种夸张的角度交错倒扣起来。在一种极度痛苦中，门儿清的手心里还是死死攥着两张船票，他生怕一松手，那些生活的希望就会飘落一地，再也找不回来。

十九

门儿清没想到的是，自己进去了，紧接着阿艺和憨子也进去了。这两个人其实是自投罗网。赵一虎没想搭理他们，他对三人小组不感兴趣。在他看来，这完全是乌合之众。

令赵一虎稍感意外的是阿艺和憨子飞蛾扑火式的营救。他不明白，阿艺和憨子凭什么藐视军统局上海区的存在？这群乌合之众又是靠什么做出超越利益回报之举的？

门儿清也不明白。三人关在一起的时候，他对阿艺和憨子简直是气不打一处来。憨子也就罢了，没什么头脑，叫干吗就干吗；阿艺这是何苦呢？虽然脑子灵光点，可手脚并不快。救人？他救得出来吗？

门儿清便怀疑，阿艺实在是走火入魔了。为了劝他加入中共地下组织，不自量力的事情也去做。但是面对门儿清的质疑，阿艺说，他和憨子现在也不指望什么组织能营救他们了。毕竟中共地下组织为他们牺牲过很多。加不加入完全是自愿的，人家没必要生拉硬拽。现在他们三人都是一根绳上的蚂蚱，谁都离不开谁。所以他和憨子的营救，是本能的营救，只是基于兄弟情义。

“好了，现在三个人在一起，不求同年同月同日生，可以求同年同月同日死了！”门儿清话虽然说得气急败坏，心里却还是很高兴的。

“原本呢，我以为和金银花在一起，可以过一辈子。现在看来，女人如衣服，兄弟似手足。我们三个，命拴一起了。”门儿清摇头叹息，唏嘘不已。

“这样也好，三人小组，曾经轰轰烈烈一场，也曾大街小巷妇孺皆知。如今可以同年同月同日死，值了！”

阿艺话说得硬气，把憨子的眼泪给诱出来了：“值了！我们也是赚过一回大钱的人了！……值了！”

但是，在一个微冷的清晨，三人小组却被几个便衣营救了。营救行动干脆利落，便衣虽然武器没有军统的高级，却非常专业，战斗力很强。门儿清等三人几乎没费什么力气就成功脱险。逃出生天的门儿清想找那几个便衣谢恩，人家却阴沉着脸飘忽而逝。

阿艺判断，这几个便衣应该是中共地下组织成员。这让他心存感激。门儿清却不相信地下组织会这么好心，憨子憨憨地问他，如果不是中共地下组织出手相救，谁会憨到这个地步来救他们?

憨子说“憨”字的时候特别憨厚，这让门儿清几乎笑出声来。阿艺却不笑，很严肃地指出两个细节。一是武器。便衣的武器没有军统的好，这说明他们不可能是日军。二是表情。便衣营救出他们后阴沉着脸飘忽而逝，这说明他们心存失望。为何失望？只能是怪他们不愿意加入组织吧。

门儿清想了想，说：“奇怪了，我们三块废铜烂铁，在他们眼里，真那么值钱?”

阿艺点点头：“值钱。”

“为什么?”

“不知道。起码现在不知道。或许，他们看中的是我们身上的什么特殊才能?”

“就我们三个，一个贩马的，一个拉二胡的，一个拉黄包车的，能有什么特殊才能?”门儿清不以为然。

憨子恍然大悟：“莫非，他们看上我们的大洋了？我的妈呀，要真惦记这个我们可能都没命!”

阿艺哈哈大笑：“人家组织是缺钱，要真惦记这个，还救我们干吗?”

最终，三个人讨论后达成共识—— 一定是中共地下组织所救，所谓滴水之恩，当涌泉相报，三人小组应该加入中共地下组织。阿艺说，地下组织对三人小组已经不是滴水之恩，而是涌泉之恩了。报不报，怎么报，全凭各人良心。

憨子率先表态他可以加入中共地下组织，前提条件是组织不要惦记他的三百多大洋。憨子说那些大洋比他的命还重要。树活一张脸，人活一张皮，憨子要用这些大洋证明他生命的价值。

门儿清沉吟半晌，最后长叹一口气说："也罢，要死大家一块死，加入组织就加入组织……"

三人小组总算达成共识了，但世上事偏偏旁逸斜出，总难遂人心意。为了威胁阿艺，日军袭击了阿艺的家。他们甚至把手榴弹扔到了董家天井里，炸断了一根顶梁柱，也炸断了董怀德的一条胳膊。关键是，铁蛋被炸死了。

铁蛋被炸死的时候，手里还紧紧攥着一只只咬了一口的鸡腿。细算起来，他已经有两年多没吃过鸡腿了。要不是父亲阿艺拿回那么多大洋，铁蛋不知道他要到什么时候才能再吃上鸡腿。铁蛋的嘴因此被塞得鼓鼓囊囊的，但是直到死去，他嘴里的鸡肉都没有下咽。阿艺看着死相难看的儿子，深深地叹了一口气。他觉得，改变已经在所难免。

阿艺决定加入中共地下组织的原因又多了一个——为儿子复仇。父亲董怀德不知道这个地下组织能不能为他孙子复仇，但他明白，76号是肯定不能为他孙子复仇的。菜包子这一次也没有阻拦丈夫。只是说，在组织里也要机灵点，别复仇没成，先把自己的命给送了。董怀德一听就红了眼，想说什么，又什么都没说。

阿艺走的时候，看着父亲被炸断的胳膊说："阿爸，我不仅要为铁蛋讨说法，也要为您这条胳膊讨说法。您等着，硬硬朗朗地活着，看儿子怎么做……"

二十

门儿清和憨子也想随阿艺一起加入中共地下组织。但在麻雀眼里，这些人大概率是不合格的。麻雀给三人小组出题：三个人合作去获取一份重要情报——由潜伏在日军上海宪兵司令部里的内线获得的日军驻防图。成功了，留下；不成功，连阿艺都一块走人。

麻雀希望阿艺他们知难而退。事实上，这是个几乎不可能完成的任务。潜伏在日军上海宪兵司令部里的内线得到日军驻防图后，日军似乎已经知晓，正内紧外松地等鱼上钩。麻雀警告阿艺，这不仅是一次冒险，更意味着牺牲。三人小组要好好考虑这个事情，现在放弃还来得及。

说实在的，麻雀是真心希望他们放弃的，因为成功的概率太小了。但阿艺告诉门儿清和憨子，他们已经没有任何退路。赛马之后，三个人现在不再是国家的什么英雄。“你们仔细想想，是英雄吗？大家都奔着大洋去的。我阿艺就问一句话，如果没有一千大洋，你们还会比吗？”

门儿清和憨子仔细想了想，然后摇头。“但这次情况不一样，麻雀和我说了，可以不参加，现在放弃还来得及。但我想问你们，放弃了，我们干吗去？去街头当无业游民吗？不可能了，我们的屁股后面会永远跟着日本人，还有军统。说不定哪一天，子弹就从哪个角落里射出来，要了我们的性命！也就是说，我们的命，已经不在自己手里了。你们两个我不管，我阿艺是一定要跟日本人斗的，他们欠我儿子铁蛋的命，还有我阿爸的一条胳膊。所以，我不能离开组织。这次接头，必须要搏一下！”

门儿清想了想，说：“我实在是没地方去了，老婆跑了，一出去军统就来要我的命，也罢，大家搏一把！”

憨子憨憨地说：“人多力量大。我们三人小组，未必就会死呢。干！”

接头工作显得惊心动魄。事情一开始就不是按照固定的套路发展的。阿艺倒是精心谋划，决心发挥自己擅长布局的特点，于浑水摸鱼中圆满完成任务。他穿上绸缎长袍，戴着一顶“狗钻洞”的线帽，扮成米店小老板的模样，在一家路边饭馆与一名化装成人力车夫的交通员接上头，交通员用黄包车把阿艺拉到和平饭店对面的一条巷子里。一切都是天衣无缝，阿艺注意到，身后并无尾巴，起码，就现阶段来说，开局还是顺利的。

但是一下车，一个一脸阴沉的日军直接朝他走了过来。

日军：“你，看上去很可疑。”

阿艺：“我只是个拉二胡的。”

“不像，你像舞刀弄枪的。”

“怎么可能，我晕血啊。”

阿艺说到这里，开怀大笑。日军也开怀大笑，随后将潜伏在日军上海宪兵司令部里的内线获取的日军驻防图交到阿艺手上。原来他们刚才说的都是预先约定的暗号。这个一脸阴沉的日军其实是地下组织的同志。

但是直到这时，情报传递工作才完成了一半，剩下的另一半，要靠憨子去完成。憨子从阿艺手里拿到情报后，竟然没有采取任何反跟踪措施便径直来到指定的接头地点。而在接头时，他由于过度紧张，怎么也想不起接头的暗号。情急之下，憨子干脆把地图展开，向路过的每一个行人进行试探，希望通过对方的反应“撞出”接头人员。结果，他的奇怪举动很快引来一大堆看热闹的人。

阿艺目睹此情此景，整个人已经瘫了。按照组织纪律，阿艺在完成他与憨子的接头后，是不能一路跟踪的。但他还是这么做了。因为不放心。果不其然，憨子是憨人做憨事，这个举动毫无疑问是极其危险的。因为这是上海日军驻防图啊，边上，巡逻的日军正不时走过，奇怪地看着憨子的举动。此时此刻，阿艺面临两种选择：一、马上离开，切断与憨子的所有联系。这也是组织对他的要求。当情报传递工作完成之后，不得再次接头，以防不测。二、赶快将憨子拖走，不过这样做有可能会暴露自己。

围观憨子的人越来越多，憨子也热切地看着围观他的人，试图从中找出那个等待着与他接头的人。憨子表情夸张，挤眉弄眼，以设法引起接头人的注意。他的举动惹得围观人群捧腹大笑，有些人甚至以为他是疯子。

两个荷枪实弹的日军也在围观憨子。他们看着憨子手中的地图，先是不经意，紧接着全神贯注，眉头渐渐皱了起来。阿艺感觉大事不好，他连忙挤进人群，试图拉憨子出来。

就在这时，一个人快他一步将憨子手中的地图抢走，随后朝旁边的弄堂跑去。两个荷枪实弹的日军突然明白过来，马上去追那个抢地图的人。憨子也傻乎乎地去追那个抢他地图的人，却被阿艺一把拉住，朝另外的方向跑去。

气喘吁吁中，憨子对阿艺说："要救……救他……"

阿艺不明所以："谁？"

"门儿清。"

"你说抢你地图的人是门儿清？"

"是啊，他冲上来就抢，好像还想告诉我什么，日本人就上去抓他了……"

"坏了……"阿艺捶胸顿足。

"怎么了？"憨子还是一脸傻乎乎的表情。

"门儿清就是那个接头的人。他刚才是为了保护你呀……"

憨子本能地扭转身，要去救门儿清。阿艺一把抓不住，也随憨子而去。三人小组至此陷入险境。因为日本兵已经看出来，三个人似乎有着内在的关联。他们包抄过来。阿艺已经看见门儿清的背影了，他的情况也很糟糕，身后跟着两个日本兵。阿艺告诉憨子，三人小组，今天可能要同年同月同日死了。憨子听了，想了想说："可惜，我的黄包车还没买呢。算了，那些大洋，拿到阴曹地府里去花吧。"

但三人小组并没有就此"光荣"。麻雀对他们还是实施了严密的保护。事实上从一开始，他就没有把接头任务完全交给这三个新手。他的戒备组、应变组、接应组全程策应三人，最终不仅从日军的包抄中救出了三人小组，同时也把情报安然无恙地拿到自己手中。不过最让麻雀开心的还是三个人的表现。阿艺自不必说，门儿清和憨子表现出来的相互照应、不怕牺牲的精神让他尤为震撼。在此之前，他们俩还明显不合格，经此一役，三人已经是有团队合作精神的战士了。当然麻雀也并没有把他们的觉悟看得很高。这种相互照应，麻雀以为，还是基于一种江湖义气。真的要成长为优秀战士，他们还有很长的路要走。

二十一

三人小组没想到，进入组织，麻雀没安排他们进行动小组，而是直接进了望风小组。

望风小组是个很有意思的小组。虽然都是不怎么合格的成员，但重要性也各不相同。三人小组在里面属于无足轻重的人，没前途。阿艺刚开始不明白什么叫无足轻重，没前途，望风小组组长守望者祖师爷告诉他，望风虽然属于组织外围，但也是个机灵活儿。一个晕血、不敢开枪的人，一个傻乎乎、毫无警觉的人，说到底也是不适合望风的。

“那适合做什么呢?”憨子很认真地问守望者祖师爷。

“适合踩黄包车。”守望者祖师爷很认真地回答憨子，然后瞥了门儿清一眼：“也适合当马贩子。”

阿艺事后得知，这守望者祖师爷原先是个很牛的人物。当过行动小组组长，甚至救过麻雀的命。因为战功卓著，给人恃才傲物的感觉，对他人的意见不大听得进去。原望风小组组长奔三儿曾经几次提醒他要转移开会场所，守望者祖师爷不相信自己已经被日本人盯上，还是在老地方开会，最终导致望风小组原组长奔三儿为了掩护房间里的行动小组而壮烈牺牲。守望者祖师爷痛定思痛，主动申请更换岗位，从台前走到了幕后。

三人小组在望风的日子里开始了分化。憨子自暴自弃，门儿清牢骚满腹，只有阿艺耐得住寂寞，期待有一天可以证明自己的价值。只是他们三个人都不知道，麻雀安排他们进望风小组望风，不是抛弃他们，而是考验他们。包括守望者祖师爷的冷言冷语，其实最终目的只有一个——若想百炼成钢，需要冷水淬铁。

里弄深处，有一栋老式的石库门住宅。一进门，便是一个横向的长条天井，两侧是左右厢房，正对面则是长窗落地的客堂间。客堂宽约四米，深约六米，是会客、宴请之处。

客堂两侧则是次间，后面有通往二楼的木扶梯，再往后是后天井，其进深仅及前天井的一半，有水井一口。后天井后面是单层的附屋，作厨房、杂屋和储藏室之用。整座住宅前后各有出入口，前立面由天井、围墙、厢房和山墙组成，正中即为“石库门”，以石料做门框，配以黑漆厚木门扇；后围墙与前围墙差不多高，从而形成一圈近乎封闭的外立面。

现在，阿艺和憨子站在这座石库门住宅的前后门，进行望风。憨子什么都看见了，却又什么都没有看见；阿艺却开始进入状态，认真观察每一个经过里弄的人，特别是经过这座石库门的人。守望者祖师爷问他：“你看到了什么？”阿艺说：“我看到这个里弄一天来回走了好多人。”

“废话。里弄不走人，走什么？”

“从左往右，走了八百七十三人。从右往左，走了一千零九十六人。”

……

守望者祖师爷愣住了：“你一天净数人了？有用吗？”

“我没数。”

“没数你怎么记那么清楚？”

“他们自动跳出来的。”

“什么意思？”

“就像照相。照相知道吗？一个个人，很清楚。高矮胖瘦，前后左右，打闹哭笑……”

守望者祖师爷彻底愣住了。一瞬间，他怀疑阿艺是不是走火入魔了。

“从左往右，第五百个人。描述一下。”守望者祖师爷测试阿艺。

阿艺拼命地眨眼，仿佛他的眼睛就是照相机的镜头一样，拥有记忆功能。他眨眼的目的，就是要把储存的图像调出来：“第五百个人和第五百零一个人是一起的，一对母女，手拉手经过石库门。小女孩好奇，想朝门里看，母亲骂了她一下，小女孩恋恋不舍地走了。”

“从右往左，第六百十九个。”

阿艺又拼命地眨眼：“是一个醉鬼，拿着酒瓶，边喝边走。当时的时间是中午十二点半。”

守望者祖师爷：“你没蒙我吧？”

阿艺还在眨眼，思维仿佛还没有完全退出。他对守望者祖师爷的话充耳不闻。

守望者祖师爷最后相信了阿艺。因为第二天他验证了一下，发现阿艺所言非虚。

阿艺突然明白，望风就是窥探人心，看每一个出现在眼前的陌生人，是敌是友，是不是带着欲望和目的走过来的。

所以要阅尽人世沧桑，才可以有一双火眼金睛。但守望者祖师爷告诉他，他现在是和组织绑在一起了，甚至，能决定组织的生死存亡。这是多么大的责任啊。在这个意义上，阿艺觉得，自己比谁都重要。他的眼神，和里弄所有路过的人关联在一起。他必须紧张地判断，排查隐情或者敌情。

所以，光有着照相机的记忆，是无济于事的。因为它没有立场，只有表象；没有动作，只有表情，并且这样的表情是表层意味的，不足以判断出敌我关系。阿艺必须更沉潜地去观察，观察出事物的真相，观察出真实的人物关系。

阿艺果然看出了门道。

一个看起来普普通通的路人，在经过这条里弄时，却有意无意间利用障碍物，利用前方的人，利用晾衣杆上挂着的衣服，利用转角，利用树木等等遮挡自己。阿艺注意他时，他会选择在对向的人行道上进行跟踪，以四十五度角注视某个人。阿艺想要找出这个被跟踪的人，却发现麻雀正面无表情地掠过自己，走进石库门。

阿艺大骇，难道，刚才那个人，跟踪的目标就是麻雀吗？这太可怕了。阿艺扭头想寻找跟踪者，却发现那人倏地不见了。里弄又开始变得静悄悄的，仿佛刚才什么都没发生过一样。

阿艺感觉到某种危险正在迫近。作为一个望风者，他感觉到了某种风声，一种风中的异动，一丝不和谐音。阿艺对守望者祖师爷说，今天，他真的体会到什么叫望风者。望风者就是与风打交道的人。能看见风的走向、风的委屈、风的欲擒故纵。现如今，他所有的努力都是为了预警。阿艺向麻雀和守望者祖师爷提了一个建议——做一个测试，以甄别那个可能的跟踪者是敌是友。他们俩同意了。

麻雀再次不紧不慢地行走在里弄中。他东张西望，闲庭信步，就是不回头往后看。

阿艺和守望者祖师爷隐在石库门的窗户后面，仔细观察麻雀背后是否有跟踪者。

很遗憾，这一回什么都没有看到。阿艺大失所望，守望者祖师爷安慰他，少安毋躁。

麻雀站住，从口袋里掏出一盒哈德门香烟，点燃一支抽了起来。把香烟放回口袋的时候，麻雀有意无意之间将一张纸片带了出来，随后掉到了地上。过了一会儿，他走进了石库门住宅。

那张纸片醒目地躺在地上，被来来往往的行人无视而踩踏而过。阿艺和守望者祖师爷越看越失望，一颗心慢慢地沉了下去，直到一个其貌不扬的中年男人俯下身子，快速地捡起它，并迅速跑开。

二十二

其貌不扬的中年男人被抓获后，阿艺发现他就是前两天跟踪麻雀的那个人。他其实是个日本人，或者说日本特工。据交代，此次是他最后一次跟踪麻雀。明天，日本宪兵队就将包抄这里，对麻雀及中共地下组织来个一网打尽。

简直是劫后余生啊，麻雀开始对阿艺刮目相看了。这个拉二胡的，看来观察力确实不错。可自己怎么会被跟踪上的呢？那个其貌不扬的日本中年男子，怎么知道自己就是地下组织的重要成员？

审讯在进一步进行。日本特工交代，在地下组织中其实有一个他们的卧底。卧底是谁？这个日本特工打死都不说。而事实上，他也很快就死了——吞服衣领处的氰化钾自杀身亡。事情到此，开始变得非常麻烦，一方面，日本特工突然身亡，日本宪兵队势必会高度怀疑石库门有问题，地下组织的转移已经迫在眉睫了；另一方面，组织里的卧底未除，地下组织无论转移到哪里，都将危机重重。怎么办？

与此同时，一桩离奇的情报失窃案正在发生。中共上海地下组织联络手册不翼而飞了。这是最新版本的联络手册，包括暗号、组织关系等一应俱全。当时麻雀刚拿到手，恰逢那个日本特工被地下组织成员一举抓获，麻雀因为要参与审讯，就匆匆忙忙将联络手册放在他办公桌的抽屉里，锁上之后就去另外一个房间审讯去了。由于疏忽，抽屉的钥匙被麻雀遗忘在桌子上。听了日本特工的交代，麻雀猛然想到了自己的失误，赶快回房间去取钥匙。钥匙虽然还在桌子上，但手册却不翼而飞了。麻雀判断，卧底就在这石库门里，而且刚刚偷走手册，正伺机逃走。

但这个卧底究竟是谁呢？麻雀感到了极度的为难。既不能大张旗鼓地调查，打草惊蛇，又不能拖延时间，让中共上海地下组织联络手册落入敌手，致使整个组织全军覆没。

最要命的是，转移工作迫在眉睫，几乎没有任何调查的时间。如果在转移过程中卧底逃跑，后果不堪设想。由此，麻雀的地下工作第一次遭遇重大考验。

手册失窃的消息很快让阿艺知道了。阿艺对麻雀说，他要抓出这个卧底，拯救地下组织。阿艺观察到，办公室的左右两边，各有一个小房间。阿艺向房间左边的门走过去，并且将脸贴近毛玻璃往左边房间里仔细看，却只隐隐约约地看见一些靠近门的东西，稍远一点就看不清楚了。阿艺又走到左右两扇门前，用手指摸摸门上的毛玻璃，最终发现这两块毛玻璃的质地完全一样，都是一面光滑，一面不光滑，只是左边房门上毛玻璃不光滑的面朝向麻雀办公室这一边，而右边房门上的毛玻璃是光滑面朝向麻雀办公室这一边。

“这个有什么名堂吗?”麻雀看阿艺研究半天毛玻璃却不说话，忍不住问道。

“左边房间当时有谁?”

“交通员老林。”

阿艺马上判断，交通员老林没有问题。虽然麻雀去审讯日本特工的那两三分钟时间里，老林恰恰出现在左边房间里，随后手册就不见了，但老林在隔壁房间根本不可能看到麻雀把联络手册放在抽屉里，也不会知道麻雀把抽屉钥匙忘在桌子上。因为麻雀离开的时间非常短，所以老林不可能偷走手册。

阿艺又问:“右边房间当时有谁?”

“谭政委。”

“不错，就是这个谭政委窃取了手册。他是不折不扣的卧底!”

阿艺斩钉截铁。他走向右边房间，将一点唾沫涂在毛玻璃不光滑的一面，随后麻雀竟然能清楚地看到自己房间里的一切。

阿艺说:“毛玻璃不光滑的一面只要加点水或唾沫，使玻璃上面的细微凹凸成水平状态，就会变得透明起来，能清楚地看到外面的东西。而左边房间毛玻璃里面的一面是光滑的，就不可能这样。谭政委利用毛玻璃的特性窃取了手册。事情就这么简单。”

后来的事实证明，谭政委果然是日军安插的卧底。而在麻雀的安排下，地下组织安全转移到另外一处隐秘的地点，无一人伤亡。在这个过程中，阿艺可以说是厥功至伟。麻雀当众表扬了他，并要求门儿清和憨子向阿艺学习。

没有人知道，一种微妙的关系在三人小组中产生了。阿艺很优秀，但阿艺越优秀，与门儿清和憨子的距离就越远。阿艺明白，三人小组产生了隔阂。他努力做门儿清和憨子的思想工作，意思是不管走到哪一步，三个人都要不抛弃不放弃。但门儿清和憨子听了，置若罔闻。人与人一旦有了隔阂，劲就不会往一处使。望风工作开始变得危机四伏起来。麻雀便教育阿艺，三人小组一定要团结，一起成长，整个望风小组也要拧成一股绳，这样地下组织的安全才能得到保障。

事情的转机发生在门儿清因为望风吊儿郎当被日军抓捕之后。阿艺对憨子说，必须营救门儿清，不管他曾经干了什么。憨子实际上是心有余悸的。门儿清被抓时，憨子也差点暴露了。在吊儿郎当这点上，憨子实际上并没有比门儿清好多少。他之所以没被抓，只是因为当时内急，上茅房了。憨子拎着裤子从茅房的破窗户缝里看见门儿清被五花大绑抓走时，尿了一半的尿不由自主地顺着裤裆流了下来。他的腿瑟瑟发抖，深刻体会到望风真的是件要人命的事情。现在，门儿清命已经不保了，下一个会不会轮到自己呢？

所以对阿艺提议的去救门儿清的事情，憨子极力反对。他想起了一个成语——以卵击石。在憨子的一生中，他很少想起什么成语。憨子很朴素，生活中使用得最多的词语要么是名词，要么是动词。比如“人”“吃”。当然“救”也是动词，但此时的憨子一想起“救”这个动词，马上会串联出“以卵击石”这个成语，所以他有些害怕了。

阿艺看上去一点都不怕。似乎救门儿清就跟上个茅房一样，进去两三分钟就能解决问题。憨子结结巴巴地建议让麻雀出面去救，毕竟三人小组是组织的人了，出了事情，组织必须解决。阿艺便笑——阿艺的笑看上去有些悲凉：“你觉得你和门儿清值得组织出面去救吗？关键时刻，一个吊儿郎当，一个上茅房了。要不是守望者祖师爷早有警觉，麻雀和组织里的人早被一锅端了。”

憨子羞愧万分。羞愧之余便决定以卵击石一把。因为阿艺最后说了，别让其他人把三人小组看扁了。人怎么进去的，我们就怎么把他救出来！

二十三

营救门儿清几乎是不可能完成的任务，因为松下太郎将他当成了诱饵。

松下太郎并未真正死去。在虹口公园爆炸案中，他身负重伤，却死里逃生。半年后伤愈，他发誓一定要抓住三人小组，以及他们背后的麻雀和中共地下组织。

抓住门儿清是意外收获，事实上在此之前，松下太郎就在地下组织中布局，安插了“谭政委”以求一网打尽。但没想到派出去接头的日本特工被一举拿下，“谭政委”也暴露了，等松下太郎派人赶到时，石库门里早已经人去楼空。

站在幽暗却仿佛人气还在的房间里，松下太郎本能地感觉到阿艺气息的存在。这个街头二胡表演家的表现，正越来越接近一个职业特工。松下太郎有一种直觉，接头的日本特工被抓，“谭政委”暴露，背后都有阿艺的影子。阿艺在76号里神鬼莫测地智救麻雀的经历，让他不得不对此人高看几眼。松下太郎现在有些后悔没有早点对阿艺下手，以绝后患。他其实早就应该想到，麻雀集团队之力不惜代价地救阿艺等人逃出虹口公园，看中的应该是他的特殊才能。现在，阿艺是投桃报李了，使麻雀和地下组织化险为夷。松下太郎发誓，必须尽快抓住阿艺，而他手中的筹码，正是身陷牢笼的门儿清。

上海之春酒吧永远是热闹非凡的。墙上的老照片，老式的礼堂舞台，穿着对襟衫、小马甲，搭着褐色桌布的男服务生，穿着红色旗袍的女服务生，以及吟唱着的女歌手，当然还有随着爵士乐起舞的时尚女郎……

佐佐木斜趴在桌上，仿佛喝醉了。他左手枕着脑袋，右手还似握非握地捏着高脚玻璃杯，杯中残留约五分之一的鸡尾酒，看上去此人似乎愁情满怀，正在借酒浇愁。他的对面没有坐任何人，他是自斟自饮，把自己给灌醉了吧。

一个醉鬼摇摇晃晃地路过佐佐木身边，无意间碰了他一下。只轻轻的一下，佐佐木就倒了，他的脑袋重重地撞在地上，发出沉闷的声音，紧接着佐佐木整个身子像软泥一般瘫在地上，他坐着的椅子也顺势倒向另一侧，与地板接触，发出了响亮的撞击声。醉鬼刚开始愣了一下，然后痴笑："醉了，醉了。你酒量不行……起来，我们一起喝，看谁喝过谁!"

醉鬼上前拉扯佐佐木，却怎么也拉不起来。醉鬼恼怒："你，装死。不好玩，一点都不好玩。是男人就站起来比个输赢!"

服务生上前去拉佐佐木起来，少顷，尖叫声传来："来人啦。他死了，这个日本人死了！"

松下太郎到现场之后第一个动作就是去搜佐佐木的口袋。作为特高课最出名的酒鬼，佐佐木喝醉已经不是一次两次了。但一个人喝酒，而且把自己喝死了，这事情就变得很耐人寻味了。

最要紧的是，佐佐木口袋里的钥匙不见了。松下太郎搜遍佐佐木全身，还是不见钥匙。他的心开始沉了下去。因为这不是一把普通的钥匙，而是关押门儿清牢房的钥匙。松下太郎判定，中共地下组织开始行动了。或者说，阿艺开始行动了。

毫无疑问，现场没有阿艺的影子，也没有地下组织成员出没。桌上只有一个酒杯，高脚玻璃杯。就这么一杯酒，而且还没有全部喝完，怎么就把佐佐木喝死了呢?

松下太郎把调酒师叫了过来，命令他把剩下的五分之一鸡尾酒都喝进去。调酒师吓得瑟瑟发抖。他是个长得很苍白的青年，脸色苍白，身材单薄，有着很大的眼泡，似乎生下来就是个夜行动物，很久没见太阳了。

"为什么不敢喝?"松下太郎盯着调酒师。

"这，这是毒酒啊，太君，让我想一想……我想起来了，可能是那个买酒的人毒死的，对，肯定是那个买酒的人毒死的！”

调酒师回忆说，先是来了个穿西装留胡子的老年人，他买了鸡尾酒。后来，这个日本军人过来和他一起喝。他注意到，日本军人和那个穿西装留胡子的老年人不熟，怕他下毒，所以两人共用一个酒杯。

松下太郎：“你听到他们说什么了吗？”

“我端酒过去的时候，好像听到情报、多少大洋来着。”

“情报交易？”松下太郎开始感兴趣了。

调酒师接下来描述的一个细节让松下太郎觉得事情有些不同寻常。放在鸡尾酒里的冰块不是他提供的。当时调酒师将鸡尾酒调好后先端上桌，然后转身习惯性地去拿冰块，在准备将冰块投进酒杯时，却意外地发现杯中已经躺着一块冰块了。调酒师奇怪地看着那个穿西装留胡子的老年人，不明白冰块是从哪里来的。老年人微微一笑，说冰块就是调酒师刚刚投进去的。穿西装留胡子的老年人说得如此信誓旦旦，让调酒师开始怀疑自己是不是重复投放冰块了。他收回刚刚从冰柜里拿出来的冰块，眼角的余光刚好瞥到一个背着箱子的小伙子正快速拉开酒吧的门，走了出去。

松下太郎由是判断，问题就出在冰块上。冰块肯定有毒。可如果冰块有毒，那个男人自己也喝了一口，不也毒死了吗？他为什么平安无事呢？

但松下太郎很快就明白过来了。

首先，调酒师没有问题。如果是他下的毒，他不可能现在还在，早就逃走了。另外从犯罪心理学上说，迂回是一种本能的心理，由调酒师直接下毒毒死佐佐木，不符合这样一种心理。当然最根本的一点是，松下太郎从在场的其他目击者口中得知，不止一个人看到了穿西装留胡子的老年人与佐佐木在一起，只是老年人很快就消失了。这一切都佐证了调酒师所言非虚。

松下太郎决定将残存的鸡尾酒送到军医处检验。检验结果出来，证实鸡尾酒中含有氰化钾成分。

氰化钾是剧毒之物，如果下毒者将毒藏在冰块里，两个人都喝了，为什么结果迥然不同？松下太郎自己动手做试验，将一个方形的冰块扔进红酒中，看它慢慢融化。此时，阳光很好，光线斜射进屋内，能清晰地看见一些浮尘在光柱中无规则地翻腾。阳光打在玻璃杯上，半杯红酒的颜色显得格外鲜艳，这让松下太郎想到了一个词：血腥。冰块完全融化之后，松下太郎看了一下怀表，总共用时五分三十八秒。电光石火间，松下太郎洞悉了事情的真相：那个穿西装留胡子的老年人事先将毒药藏在方形的冰块里，然后将此冰块投入调酒师调好的鸡尾酒里。当他自己先喝时，冰块尚未融化，所以酒中无毒。后来，佐佐木因为慢慢喝着剩余的半杯酒，此时，毒液已经溶入酒中，所以他中毒身亡。

一切都迎刃而解了。松下太郎有重新遭遇老对手的激动与喜悦。他相信此次行动的策划人就是阿艺，穿西装留胡子的老年人应该是他的同伙。这一次，松下太郎发誓一定要抓住这个人，并且顺藤摸瓜，将地下组织一网打尽。

二十四

松下太郎很喜欢苏州河荡漾出来的气息。

那是上海特有的味道。一些东西在腐烂，一些东西在新生；一些东西在随波逐流，一些东西在逆流而上。

现在，门儿清就被关押在外白渡桥畔的一座临水高台上，准确地说是一座临时牢房里。在松下太郎眼里，苏州河是上海这座城市的冠状动脉。它起于上海市区北新泾，在外白渡桥东侧汇入黄浦江，因此外白渡桥就是上海冠状动脉的关键节点。佐佐木身上的钥匙被盗之后，松下太郎第一时间更换了牢房的锁具，同时为了引蛇出洞，他将原先的双哨改为单哨，又安排宪兵队埋伏在附近，单等劫狱之人的到来。

松下太郎相信，这劫狱之人一定是阿艺以及他的同伙。

松下太郎同时也相信，阿艺一定明了他的布局。所以他们两人的过招，实际上是狭路相逢，唯有敢于斗智斗勇者，方可获胜。

双哨改为单哨，表面上看，防守力量薄弱了，但事实上，充当单哨执勤人的其实是宪兵队队长小泉三郎。小泉三郎格斗功夫和射击技术都是一流的。松下太郎唯一担心的是万一有失，对宪兵队没法交代。但小泉三郎却自信满满，声明一切结果由他本人负责，与松下太郎无关。

松下太郎只得由他去。事实上，小泉三郎也是心思缜密之人。他的宪兵大队就在附近策应，一旦牢房这边有异动，劫狱之人绝对插翅难逃；而且牢房所在的高台在众目睽睽之下，劫狱之人很难做什么手脚，松下太郎也因此放松了许多。

小泉三郎更是闲庭信步，在高台上拿着个天文望远镜仰望星空。他是个狂热的天文爱好者。这外白渡桥畔的高台，原本就是个天文观测台，松下太郎甚至猜想，小泉三郎纯粹是为了满足自己的个人爱好，才在这里充当警卫的。唉，随他去吧，只要“请君入瓮”计划功成，小泉三郎爱干吗就干吗，无碍大局。

但第二天早上，松下太郎得到一个令人难以置信的消息：小泉三郎死了，门儿清被劫走，牢门洞开。松下太郎心情抑郁地来到现场，发现斜躺在高台上的小泉三郎身上没有明显的伤痕。松下太郎戴上手套仔细查看，发现小泉三郎的右眼，被细针刺过。在他的尸体旁边，有一根长约三厘米的沾有血迹的针。松下太郎根据现场情况推测，针上肯定有毒，小泉三郎显然是被刺后自己把刺进眼中的毒针拔出来以后才死亡的。

谁刺杀了小泉三郎？松下太郎想不出一个答案来。宪兵队就埋伏在高台的入口处，如果麻雀和中共地下组织前来营救，不可能不发生枪战。但一切都悄无声息，实在是太诡异了。当然最诡异的一点还在于，如果麻雀和中共地下组织没有前来营救，谁又能百步穿杨，在黑夜中准确射出毒针，刺瞎小泉三郎右眼，置其于死地呢？

松下太郎站在高台之上，看向前后左右。这高台离地面差不多有二十米，左右两侧都是空旷之地，并没有高楼等障碍物可以让行刺者隐藏；而苏州河对岸离高台差不多也有一百米的距离，昨夜又刮着很大的风，即使行刺者是从对岸用弓弩之类的凶器把细毒针发射过来，也不可能如此精确地射中小泉三郎的右眼。

真是迷雾重重啊……

苏州河对岸。阿艺、门儿清、憨子三人体力不支地从河里爬上来，瘫倒在马路上。

这真是一次不可能完成的营救。找到牢房钥匙是阿艺缜密计划的关键部分，但没想到牢房钥匙被换，这几乎导致本次行动前功尽弃。事先，守望者祖师爷按照阿艺的计划，乔装打扮成穿西装留胡子的老年人，以情报交易的方式接近佐佐木，从而从他身上取得关押门儿清的牢房钥匙。阿艺以为，这是大功告成的第一步。但是松下太郎却再布陷阱，等着阿艺他们去钻。尤其让阿艺恼火的是，憨子笨手笨脚，却大言不惭地要跟着他去劫狱。憨子给出的理由却也冠冕堂皇：他们三人义结金兰，阿艺如果独自去救门儿清，他憨子袖手旁观，那简直不是人。阿艺实话实说，说有的时候态度并不决定一切，能力才决定一切。在本次营救行动中，憨子不去比去好。憨子红着脸想了半天说："你是不是说我成事不足，败事有余？"

阿艺轻笑："我没那么说。"

"但是，我们三个人，命连在一块了。"憨子很较真。

"还有门儿清？"

"当然，救得出来，我们三个一起活；救不出来，我们三个一起死。"

"行，憨子，就冲你这句话，这次营救活动，你必须参加。"

营救按计划进行。但阿艺很快就感受到了绝望。憨子对这次行动表现出了天真的好奇，问东问西，如入无人之境。比如他问为什么看守的日本人早早地就躺在地上死去了，难道还有我们的同志在吗？又问为什么牢房的锁换过了，是不是敌人发现了什么？此时此刻阿艺正撅着屁股鼓捣着那把锁，对营救行动即将功亏一篑深感绝望。憨子却又天真地联想到，守望者祖师爷会不会是敌人的内应，故意搞了一把没用的钥匙过来，让他和阿艺都成了瓮中之鳖。

“够了！”阿艺实在无可奈何了，“有本事你把锁弄开，少在那叽叽歪歪。”

“弄开就弄开，你走开点。”憨子一把把阿艺拉开，自己从口袋里掏出一把锉刀，粗暴地插进去，锁咔嚓一下就打开了。

阿艺看得目瞪口呆：“怎么回事？你带锉刀是准备开锁的吗？”

“杀鬼子的，顺便开个锁。早知道开锁这么容易，你们就别费那么大劲去偷钥匙了。”憨子的语气有些扬扬自得。

阿艺气不打一处来，想说什么却说不出口。

三个患难兄弟总算有惊无险地逃出高台，跳入苏州河，游向对面。瘫在马路上的时候，憨子又提起了那个日本军人的神秘之死。阿艺就是不说。门儿清也好奇，说自己逃出鬼门关，怎么逃出来的，到现在还稀里糊涂的，让阿艺跟他说一个明白。阿艺只说了“望远镜”三个字，就催他们赶路了。

“怎么不费一枪一弹，敌人就死翘翘了呢?”憨子拔出腰间的手枪，虚张声势地叹息，“太不过瘾了，我还准备开开荤呢，啪啪……”

憨子用手枪瞄准惊魂未定的门儿清，作势欲射，门儿清吓得连忙躲开。憨子的手枪又瞄准阿艺，作势欲射，阿艺一把将枪夺了过来，警告他别走火，现在还没有脱离危险。

“不许动！举起手来！”一声断喝从身后传来，紧接着就是拉枪栓的声音。

三个男人情知大事不好，只得举起手来慢慢转身。

一个巡逻至此的日本兵正举着一把长枪对准他们。他看见阿艺手上拿着枪，就大声警告他把枪扔了，否则就死啦死啦的！

松下太郎观察了许久。离开现场之前，他突然感觉小泉三郎倒地的姿势有些奇怪。

右手前倾，指向苏州河方向。右手掌蜷曲，呈半握状，似乎死前还拿着什么东西。

望远镜。只能是望远镜了。松下太郎恍然大悟。

但望远镜到哪里去了呢？小泉三郎临死前使用的望远镜，是否和他的被刺有关联？松下太郎派人到高台下方的苏州河中打捞望远镜。

打捞工作进行得很艰难。因为水流的关系，望远镜没有在案发现场附近的河底找到。扩大搜索范围之后，望远镜最终在下游五十米远的河底被打捞上来。

这是一个长度仅四十厘米的望远镜。松下太郎端详之后发现，这个望远镜是可以拆开的。里面的装置显示，有人把细毒针装在这个望远镜的镜筒内。松下太郎推测，当小泉三郎把望远镜放在眼前，用手转动镜筒中央的螺丝，来调整镜头焦距时，藏在镜筒内的细毒针受到弹簧的反弹力便射了出来，正好刺进小泉三郎的右眼。估计小泉三郎当时惊慌失措，连忙把手中的望远镜扔了出去，望远镜就这样掉进高台下的河里。虽然小泉三郎及时用手拔掉了刺在眼中的细毒针，但这样反而加快了他的死亡。

真是一个神鬼莫测的刺杀行动啊。松下太郎此时此刻的第一感觉是，杀手对小泉三郎的个人癖好实在是太了解了。从望远镜入手，以望远镜为凶器，真是杀人于无形。那么，这望远镜是哪里来的呢？松下太郎开始着手调查望远镜的来历。

但线索最终还是断了。那家专门出售天文望远镜的店在向小泉三郎售出这架特意改造过的望远镜之后就匆匆关张，老板的信息怎么也查不到，松下太郎猜测，这是中共地下组织的障眼术。唉，狡猾的阿艺一定是这场营救行动的幕后推手，松下太郎一瞬间感觉到了一种莫名的惆怅。

下一次，再也不能让他溜走了。松下太郎对自己暗暗发誓。

阿艺手上拿着枪，一直在犹豫不决。

如果按照那个日本兵的吩咐去做，把枪扔了，那他们三个人就是死路一条了；可要是不扔枪，日本兵第一个枪杀的就是他阿艺。怎么办？

“把枪扔了。马上！”日本兵的警告加大了音量。

阿艺看向门儿清和憨子。他们俩也正看向阿艺。只是两人的神态大不相同。憨子看上去一脸呆傻，门儿清则紧张地思考着什么，眨巴着眼睛，并且朝阿艺微微摇头。

门儿清的动作虽然不易察觉，但还是被日本兵看到了。他掉转枪口，朝向门儿清，同时威胁道：“不许反抗，你的明白！”

就在这时，阿艺开枪了。不过阿艺的枪法实在糟糕透顶。子弹高高地从日本兵头上掠过，根本没伤着他半根毫毛。最要命的是，由于惊慌失措，阿艺开完枪后，手一哆嗦，手枪就掉到了地上。日本兵看到之后，立刻朝阿艺举枪射击。

阿艺感觉在劫难逃了。这么近的距离，自己的枪又掉到地上，根本来不及捡。然而就在这千钧一发之际，门儿清猛地蹲下身子，抱住那个日本兵的大腿，试图将他推倒在地。日本兵摇晃了一下，并没有倒地。他调整视线，继续朝阿艺射击。门儿清大叫憨子，憨子却傻傻的一动不动。阿艺猜，门儿清是让憨子和他一起抱住日本兵的大腿，从而将他推倒在地。但憨子反应太慢了，根本没想到去抱日本兵的大腿。

枪响了。阿艺感觉自己小命休矣。但子弹并没有击中自己。阿艺惊奇地发现，憨子在最后时刻冲了上去，将日本兵手中的长枪抬高，子弹同样高高地从阿艺的头顶飞过。抓住这个空当，阿艺立刻弯腰捡起地上的手枪，准备朝日本兵射击。

但门儿清和憨子此刻正与日本兵扭打在一起，阿艺根本无法瞄准和射击。他举枪观望，看到日本兵正从腰间取出匕首，准备刺向门儿清。门儿清朝自己高呼："快开枪啊等什么呢?"

形势非常危急。阿艺闭上眼睛开了一枪。这一枪下去，血腥气立刻扑面而来。阿艺看到了门儿清血糊糊的脸，晕血反应让他忍不住哇哇地吐了起来。随后，他看到日本兵倒了下去，门儿清也擦干净自己脸上的血，朝阿艺竖起大拇指。原来，阿艺击中的正是日本兵的额头。血浆四溅，糊了门儿清一脸。

惊魂未定中，憨子说道："我们三人小组，今天才是真正的生死兄弟。你们说，是不是?"

阿艺和门儿清频频点头。

由于阿艺在营救门儿清的过程中，打死了一个敌人，麻雀狠狠地夸了他，说他以后不仅是个爷们了，还是个战士！关键是三人小组，现在是生死之交了。

二十五

意外是在一个微冷的夜晚发生的。那个夜晚，麻雀被跟踪，导致地下组织几乎全军覆没。望风小组除了阿艺、门儿清、憨子三个人和守望者祖师爷，其他人都牺牲了。

许是命不该绝吧，那天，三人小组结伴去看《十字街头》，因为那天正好是阿艺的生日。

他们逃过了一劫。

但是故事并没有结束。松下太郎没想到阿艺会自投罗网。

要不是阿艺突然冒出来，被宪兵押着走进他的办公室，他几乎把这个会拉二胡的小人物给忘了。

在松下太郎看来，阿艺曾经是有价值的。阿艺的价值在于引蛇出洞，引出麻雀和中共地下组织，以待松下太郎围歼。现在既然通过另外的渠道达到了目的，松下太郎就觉得阿艺很愚蠢。

他这是自投罗网啊。

且不说阿艺已经加入了地下组织，单看他在赛马上的表现，松下太郎就觉得必须处死此人，以儆效尤。

总之，现在的阿艺没有任何价值，而且背负“原罪”——这个“原罪”在松下太郎看来，就是对大日本帝国不忠。

但阿艺突然告诉松下太郎一件事情，那就是麻雀没死，他正蛰伏在某处养伤。他愿意举报此人，以表达自己误入歧途之悔。

阿艺说，参加中共地下组织就是误入歧途。他本来是个纯粹的艺人，在街头卖艺，虽然收入菲薄，但好歹没有性命之忧。被麻雀教唆之后，在歧路上越走越远，现在一家人不仅生活上得不到保障，而且受他牵连，随时都会有生命危险。眼下，地下组织已经不复存在，他要好好为自己的下半生考虑，为一家的未来生活考虑——第一个要做的，就是向松下太郎表明心迹，他不再反日，想过上安生的日子。

松下太郎想了一下，说："不再反日是好事，可为什么要举报麻雀呢？你不怕地下组织打击报复吗？"

阿艺就向松下太郎说明自己为什么要做出如此非此即彼的选择。如果他现在还是地下组织成员、抗日分子，那就不能保一家老小安全，遑论自己的性命；如果投日，麻雀和中共地下组织肯定不会放过自己，所以他要斩草除根，一是在日本人的帮助下干掉麻雀，二是自己以后的安全就靠日本人了。相信有松下太郎的撑腰，他阿艺不用怕地下组织打击报复。

松下太郎本能地不相信阿艺的说法。他现在想到的一个词是"诈降"。阿艺为什么要诈降呢？不知道。但阿艺信誓旦旦地说，他知道麻雀没死，正蛰伏在某处养伤。他愿意带路，以表明自己投靠日本人的诚意。

松下太郎便让他带路。阿艺心情沉重地带着日本兵往四马路上的那栋二层小楼走去，去抓麻雀。这是一个星期五的黄昏，正是下班时间。二十二层高的上海国际饭店是远东第一高楼，阿艺一扭头就能看见。而著名的霞飞路商业街上，霓虹灯已经开始闪烁，白俄人开的面包房、法国人开的咖啡馆以及犹太人开的珠宝店并不因为战争的来临而变得萧条，它们和百乐门、大都会以及圣安娜等时尚舞厅一样，似乎永远都热闹非凡，人声鼎沸。阿艺觉得自己的命运，已然是不由自主了。

的确，如松下太郎所料，这是一次“诈降”行动，代价便是麻雀的性命。麻雀说，上级命令，必须不惜一切代价拿到密码底本。至于密码底本是什么，阿艺并不知晓。麻雀只是说，一切见机行事。他和阿艺约定，以出卖他的方式，获取松下太郎的信任。

在麻雀的计划里，这种出卖是真正的出卖：由阿艺供出他的藏身处，在约定好的时间里等待松下太郎的抓捕。由此，阿艺获得松下太郎的信任，伺机窃取日军至关重要的密码底本，转交上级组织。

快接近四马路上的那栋二层小楼时，一个穿着暴露的女子快步走到阿艺身边，做出暧昧的手势；一个卖花的小姑娘也趁机跑上前来兜售她花篮里的玫瑰花。一切都是人间景象啊……走到二层小楼楼梯口时，阿艺的心脏突然怦怦地跳动起来，他预感到可能会有意外事情发生。果然，带路的结果让松下太郎颇感意外。麻雀在日军到来之前刚刚离去，他所遗留下来的书籍与照片似乎证明了这个人的存在。松下太郎立即下令将阿艺抓了起来。

松下太郎的判断是：一、麻雀根本就不存在，他已经死了，阿艺用一些与麻雀有关的书籍和照片来佐证麻雀未死，其动机可疑。二、麻雀的确未死，但阿艺故意让他先行一步离去，其动机依旧存疑。

阿艺却大呼冤枉。他表示接下来可以再找机会给松下太郎带路，以确保抓到麻雀。但松下太郎没有给阿艺机会。如果麻雀真的没死，如果阿艺这次带路没有事先通风报信，那再次抓住麻雀的机会其实很渺茫了。当然如果麻雀死了，一切另当别论——松下太郎的疑问在于，如果麻雀真的死了，阿艺诈降的目的又是什么呢？

松下太郎开始给阿艺讲故事。讲高冷和阳台的故事。松下太郎说，来自延安方面的情报显示，梅机关谍报科副科长高冷是共产党的地下工作者，曾任杨虎城将军的机要秘书，对中文密电码的破译颇有研究。西安事变中，曾译出蒋方的许多密电送往延安，受到周恩来的赏识，后到延安军委二局，在隐蔽战线整整工作了十年，破译了无数密码，截获了成百上千份情报。特别是中统总部使用的密码，基本上全部被他破解了。

延安方面的情报还显示，高冷是麻雀的入党介绍人。他还是麻雀的上线，在组织中有一个代号，叫“宰相”。而目前潜伏在梅机关的破译师阳台则是地下组织无线电发报技术培训班的核心人物，他协助高冷工作。

松下太郎把他俩都抓捕了。松下太郎在抓捕他俩的同时，还表达了对他们的钦佩——因为这两个人把几乎不可能破译的日本外务省密电码给破译了。松下太郎称赞他们是谍报天才，表达了惺惺相惜之意。

事实上，松下太郎也是日本顶尖谍报天才。日军的密电码，系统不同，电码各异，其中空军密电码比较简单，容易破译。而陆军密电码最难破译。现在松下太郎正在研制的JN-25B密码，被各国谍报界普遍认为是最高级密码而不可破解。但是松下太郎在研制JN-25B密码时遇到了难题，他急需高冷和阳台协助他来完成。所以，松下太郎即便识破了他们的身份，也想加以利用后再考虑如何处置。

松下太郎说这些话的时候，暗中观察阿艺的反应。但阿艺毫无反应，似乎对他所说的情报和JN-25B密码底本毫无兴趣。如果这个人不是为这些东西来的，又是为什么而来？真的是为下半辈子的荣华富贵吗？

松下太郎有些吃不准了。

二十六

对阳台和高冷的审讯是在特高课第二课刑讯室里当着阿艺的面进行的。

审讯开始前，松下太郎又开始讲故事了。他似乎非常热衷于讲故事，语调不疾不徐，充满了对世事的精准把握。松下太郎说，密码学是无国界、无阶级属性的，而研制JN-25B密码是为人类做出重大贡献的。这个共识他和阳台、高冷都已经达成。

松下太郎虽然说得云淡风轻，但是通过对细节的揣摩，阿艺还是感觉到了事实的血腥残酷——

松下太郎一开始就对高冷和阳台进行洗脑。洗脑是疯狂的，高冷和阳台被安排在密闭的房间里，一天十几个小时被灌输歪理邪说。吃饭、睡觉之前都要高喊口号。阳台自恃受党教育多年，开始并不当回事。但一个星期之后，他开始神情恍惚了。相比之下，高冷却似老僧入定一般，丝毫不为外界所动。松下太郎见洗脑无效，就给高冷和阳台注射神经系统变异药物，试图从生理层面摧毁两人的信念和意志。两人几乎无法自持，但最后拥抱在一起，互相鼓劲，终于守住了信念。

松下太郎接下来设了一个局，让高冷和阳台充当他研制JN-25B密码进程中的“木马”。JN-25B密码是如此的邪恶和充满魅惑力，是因为此密码的成功研制需要有人坠入陷阱，这样其他人才能绕开陷阱，而且陷阱越多，密码最终被破译的可能性越小。而高冷和阳台就是松下太郎密码研制计划中的“木马”，或者说“替死鬼”。阳台刚开始没看出这个局，高冷首先看出来了。他不让阳台接触密码资料，只是自己以身试“密”，记录下密码研制的每一个步骤和失误，交阳台保存。阳台不明所以，还以为高冷看不起自己，不配研制JN-25B密码。但他每天分析高冷留下来的密码数据，发现刚开始还是思路清晰的，接着就变得混乱，到最后慢慢走向胡言乱语，以至于癫狂。而高冷本人也逐渐走向神经错乱。阳台大骇，松下太郎却要阳台接棒研究。阳台不明白高冷为什么会发疯，松下太郎说高冷是为密码科学献身了，他是帝国的勇士和壮士，现在是阳台学习高冷精神的时候了。

阳台终于明白高冷为了保护自己，不惜率先成为牺牲品。现在松下太郎将目标瞄准自己，无非是让他成为下一个牺牲品，为JN-25B密码的成功问世奠基。阳台接手高冷留下的密码研究资料，开始孤军奋战。他发现这是一条诡异之路，陷阱处处。每小心翼翼地避开一处，下一处陷阱就扑面而来。阳台终于在几乎被最后一个陷阱吞没时抵达了终点，但人也近乎进入了癫狂状态。

阳台在癫狂之前交出了密码数据，但他下意识地拿掉了最后的终端数据，只将他牢记在心里。松下太郎拿到离成功只有一步之遥的JN-25B密码数据，在对阳台感到佩服的同时又觉得遗憾。阳台清醒过来之后，发现自己和高冷关在一起。高冷在他面前毫无保留地疯疯癫癫，阳台看得差点落泪。房间外面是松下太郎耐人寻味的目光，阳台灵机一动，忙模仿高冷的疯癫动作。阳台将自己伪装成一个疯子，骗过了松下太郎。松下太郎离开之后，阳台抱着高冷，泪流满面。阳台尝试着让高冷变得正常，叫他学说话，高冷却毫无反应。

松下太郎亲自研究JN-25B密码的终端数据，并终于有所突破。松下太郎下令枪杀阳台和高冷二人。当子弹上膛之后，高冷毫无反应，阳台看上去也毫无反应。松下太郎遂下令停止行刑，命令军医救治二人的神经错乱症，以为今后密码研究服务。

现在，出现在阿艺面前的高冷和阳台恢复了正常的理性。尽管他们看向阿艺的眼神不动声色，阿艺却还是明白，这两个人在揣摩自己的身份。阿艺想，高冷是麻雀的入党介绍人，还是麻雀的上线，他会不会晓得自己的身份呢？阿艺看向高冷的眼睛。高冷的眼睛就像他的名字一样，透着一股高冷的意味。

嗯，应该是这样的。不动声色。其实不动声色的不仅是高冷，还有松下太郎。今天这个审讯，不仅仅是对高冷和阳台，也是针对阿艺的。关于这一点，阿艺心里很明白。

在绵密的审讯中，阿艺逐渐搞清楚了事情的来龙去脉。这其实是一桩情报泄密案引发的审讯。起因是——

松下太郎以JN-25B密码发送密电。阳台截获情报破译后发现，这是在向日军反映延安的云高、能见度、风向、风速的气象密码电报。松下太郎得知泄密后认为，以高冷和阳台对JN-25B密码近乎全方位的了解，他们一定会破译出情报相同的数字中均有出现的“027”代表延安，“231”代表早6时，“248”则为正午。但是，松下太郎无法推断，从第三组密码开始，每组数字代表的具体意义这两个人是否可以推测出来。

他唯一掌握的事实是，自己办公桌的抽屉被翻动过。他怀疑是阳台和高冷所为，只是没有证据。松下太郎心里疑云重重。他办公桌抽屉里没有别的宝贝，只有一本美国女作家赛珍珠的著名小说《大地》。这本书对松下太郎来说太重要了。如果阳台和高冷也是冲着这本书去的，松下太郎相信，那封情报已被他俩完全破译。

但阳台和高冷坚不吐实。

“her、light、he said这些英文到底是什么意思呢?”松下太郎问得漫不经心。

“不知道。”阳台回答得斩钉截铁。

“这样做就没意思了。你们又不是文盲。”松下太郎看上去神情幽寂。他突然觉得阳台不是个合格的对手，或者说不是个有趣的对手，没有一点幽默感。

“her是她的，light是光线，he said是他说。”高冷提供了他的答案。

高冷的回答让松下太郎开始变得饶有兴致。嗯，这个对手还有一点意思。

“JN-25B新密码混合了数字和英文字母。通过重新排列，情报中会出现her、light、he said这些英文。很聪明，你们走到了这一步。”松下太郎替他们解谜。

阳台表情有些夸张：“不，我不知道你说的是什么意思!”

“强词夺理就没意思了，也对不起你们的高智商。坦率地说，你们走到这一步我并不奇怪。都是搞情报的，拜托，这仅仅是及格线……”

“不……”

阳台还是一味否认。

“我承认。可那又有什么意义呢？”高冷看上去冷静多了。

“嗯，还是高先生睿智。我喜欢你这样的对手，旗鼓相当。阳台君就不要装嫩了……至于说到意义，当然有。意义分两层：一、情报未被破译。那很好，你们可以短暂地保住性命。二、情报已经被破译。对不起，你们必须交出情报，否则，为了情报不外泄，你们需要尽快从这个世界上消失。”

接下来，阿艺观察到，松下太郎就《大地》这本书，与阳台和高冷展开了激烈的交锋。此二人自然是否认接触过这本书，但松下太郎锲而不舍地寻找真相，不时对他们进行严刑拷打。阿艺觉得，松下太郎的审讯是故意表演给他看的。JN-25B新密码已经到手，如果说是担心阳台和高冷泄密，为以防万一，完全可以处死他们，为什么偏偏要追查那份情报的去向呢？

电光石火间，阿艺突然顿悟——所有一切，其实都是围绕他展开。

他该怎么办？

阿艺很快知道了他该怎么办。因为松下太郎让他单独审讯阳台和高冷，务必令他俩交出情报，并交代情报是怎样破译的。

阿艺原以为，这是个几乎不可能完成的任务——松下太郎要不到的结果，他怎么可能得到？

但结果偏偏让他得到了。阳台和高冷不是很配合地向他交代，他们是如何破译情报的：

阳台求教于高冷，两人一起分析，JN-25B新密码混合了数字和英文字母。通过重新排列，高冷发现电报中开始出现诸如“her（她的）”“light（光线）”等具有实际意义的单词，可是这些单词从何而来，又有什么意义呢？一份密码中出现的“he said（他说）”引起了阳台的思考：这样引起对话的表述最常见的地方就是在小说中。阳台认为这种新密码的来源很可能是一本英文小说，如果能够找出这本小说就能够找到JN-25B密码本。可是，上哪里去找这本小说呢？

深夜，阳台和高冷经过配合，终于在松下太郎的办公桌抽屉里找到了美国女作家赛珍珠的著名小说《大地》的内页，并且成功找到了那些用笔画过的单词。从《大地》入手，阳台和高冷破译了新的密码。原来日军计划在半个月后的中秋节，轰炸延安。

当阿艺将审讯结果一五一十地向松下太郎汇报时，松下太郎告诉他，事情还可以做得更彻底一些。因为他想到了一个中国成语——名正言顺。

二十七

一夜之间，阿艺成了汉奸。他在《申报》上发表了一篇鼓吹“大东亚共荣”的署名文章，同时配发与松下太郎的合影。

文章事实上不是阿艺写的。但松下太郎向他建议可以这么做。阿艺不是傻子，当然明白松下太郎这么做是有目的的。

阿艺当汉奸其实是松下太郎的一道测试题。如果阿艺真的想投靠日本，这是唯一的选择。否则，阿艺的投诚就是有问题的。

阿艺最终落水了。

阿艺虽然落水了，松下太郎对他的怀疑并没有消失。

因为日军在中秋节轰炸延安的行动几乎颗粒无收。延安军民在那个阖家团圆的日子倾城而出，给日军摆了个空城阵。

松下太郎不敢肯定是阿艺送出了那份情报，但同时也不能否定这一点。

唯有让他成为汉奸，自绝于组织，才能逼出更多事情的真相。

阿艺成汉奸之后，曾经回过一次家。

他跪在董家宗祠面前，请求父亲能够接纳自己。董怀德却扇了他两个耳光，表示从此之后，断绝父子关系。董经营却替这个弟弟求情，说他“悟已往之不谏，知来者之可追，实迷途其未远，觉今是而昨非”。董经营摇头晃脑吟这句诗时，像极了一个秀才。

董怀德也扇了他两个耳光。

趁着兄弟俩捂着脸，董怀德对他们说：如果赛马赢日本人是对的，那当汉奸就是错的。否则赛马赢日本人就是错的。董家不需要这样的汉奸来当子孙。

董经营为弟弟辩解，说他有难言之隐也未可知，甚至是不是怀有什么使命也是有可能的。董经营讲这番话时，看向阿艺的眼神很有内容。

董怀德怀有一丝期待：“是这样吗？”

阿艺看着哥哥，又看着父亲，摇摇头说：“没什么使命，就想活下去。整个国家都被侮辱透了，个人受点屈辱算什么。这叫好死不如赖活着。”

董怀德看一眼阿艺：“你可以去死了。”又看一眼董经营说：“你也可以去死了。”他蹒跚着离开，边走边喃喃自语：

“我也可以去死了。”

父亲离开之后，董经营对阿艺说：“你啊，掉头还是太快了，让我都没心理准备。”

阿艺嘲讽：“你还要心理准备吗？在76号这么长时间了。”

“我原以为，我们董家，有我这个小汉奸就够了，不为别的，就为在这个世道，能保一保全家老小的性命。没想到又冒出你这个大汉奸。”

阿艺自嘲：“这叫双保险，不好吗？”

“过犹不及，过犹不及啊。再则说了，你一向是清高艺术家的形象，在街头拉二胡，不苟且于乱世。猛的一下二胡不拉当汉奸去了，不说老头子被吓着了，我也被你震得不轻。”

“都一样。活着，像狗一样活着。”

“我们董家，有一条狗就行了。”

“你是说你自己吗？”

董经营含义丰富地看着弟弟：“现在有两条了。”

菜包子对丈夫当汉奸一事，尤其不能理解。

虽然世事艰难，不弯下身子，几乎混不到吃的。但是在里弄进进出出，看到不时有人戳自己脊梁骨，她突然感觉，当一个汉奸老婆的滋味也不好受。

关键是儿子还死在日本人手里，阿艺却这么快变节，菜包子骂他简直不是人。菜包子原打算骂他不是男人的，后来把“男”字去掉了，以示绝望。

日子开始越过越煎熬。阿艺当上汉奸后，父亲每日黄昏都会倚门独立，其失意落寞的神情，仿佛半条命已经随风而去。有一天，董怀德在自家门口轰然倒地。他仰面朝天，大张着嘴巴，欲哭无泪，似中风一般，直挺挺地后脑勺着地。阿艺发现，父亲死的时候眼睛都没有闭上。

阿艺的眼泪就下来了。

董怀德的葬礼很隆重。

葬礼是松下太郎亲自操办的。松下太郎对阿艺说：“对于效忠大日本帝国的人，不能使他心寒。你父亲的死，我们要表达心意。”

董怀德的葬礼甚至上了《申报》，松下太郎搀扶着阿艺的神情，看上去如丧考妣。阿艺的神情看上去则有些麻木。

松下太郎还出资重修了董家书院，只是将牌匾“董家书院”改成了“松下书院”。松下太郎说，这可以体现“大东亚共荣”精神。阿艺木然地点头，似乎对一切都无所谓了。

阿艺遭到了刺杀。出手的是来自延安的除奸团。他身负重伤，躺在虹桥医院的重症病房，负责守护他安全的是松下太郎派出的宪兵队。阿艺奄奄一息的时候，感觉自己快死了。

疑点是从阿艺回特高课后有意无意靠近档案室开始产生的。但松下太郎不能确定阿艺靠近档案室的意图。事实上从他在《申报》上发表署名文章赞美“大东亚共荣”开始，松下太郎就明白这个人已经走上不归路了。阿艺遭到延安除奸团的刺杀应该是中共组织对叛徒的一次惩罚。松下太郎当然想过这里面是不是有苦肉计的阴谋，但是看着阿艺奄奄一息的样子，松下太郎又想，共产党人大约是不会这样用苦肉计的——奔着置阿艺于死地的目的而去，如果阿艺不是为了窃取情报而来，共产党人此举只能说是纯粹的除奸。

但松下太郎对阿艺靠近档案室还是不能不防。他要以静制动，看看阿艺的真实意图到底是什么。

二十八

门儿清来揭发阿艺的时候，松下太郎起初不能理解他的动机。

门儿清说，阿艺是卧底，麻雀派来的卧底。他当汉奸的真实目的就是为了窃取JN-25B密码底本。这个人太愚忠了，地下组织都不存在了，他被麻雀一教育，还是舍命干这件事，简直是被共产党利用了。

松下太郎冷静地看着门儿清，让他解释一下为什么要来特高课揭发阿艺。

门儿清说，不为别的，就为钱。阿艺撇下他投奔日本人，把他的三百多大洋给拐跑了。这狗娘养的，还苟富贵勿相忘，他是苟富贵溜得快。

紧接着，门儿清向松下太郎描述了他对组织的看法。现在除了麻雀还活着以外，麻雀领导的地下组织已经全军覆没，他们曾经的奋斗已经没有任何意义。事实上对于“组织”这个事情，他思考再三，从军统到中共地下组织，都让他找不到存在感。甚至，他还有被利用的感觉。现在，该是好好为自己活一把的时候了。

“那我怎么知道，你是不是和阿艺一样，来我这里是诈降的呢?”松下太郎漫不经心地看着门儿清，对他也是充满了怀疑。

“很简单，我是奔着三百大洋来的，只要阿艺把钱还我，我立马就走。”

松下太郎笑了。他笑门儿清很天真。在这样的情况下，松下太郎是不会让他们俩单独接触的。因为在松下太郎看来，两个诈降者一旦接触，一定会有故事发生。

但是，他还是想让他们俩接触，因为他想看看，到底会有什么故事发生。

松下太郎把他们安排在一起住，在房间里安装了窃听器。但这两个人每天就是讨论三百大洋到底什么时候还的问题，并没有其他可疑之处。

没有可疑之处，恰恰最可疑。门儿清不早不晚，在阿艺靠近档案室的时候来到特高课，是里应外合吗？松下太郎心下暗想，这两个人，进来容易，出去绝无可能。

档案室主任松井根是个不嗜烟酒的人。他平时沉默寡言，守口如瓶，警惕性高。松下太郎选他当档案室的主任，算是选对人了。当然对阿艺来说，这正是他的苦恼之处。一个人没有弱点，那便是完人了，而完人是不可攻克的。但门儿清对他说，男人都是有弱点的。松井根也不例外。门儿清说，松井根的弱点是好色。

阿艺刚开始误解了门儿清的意思。他说我们两个糙男人，对松井根的弱点毫无办法。但门儿清很懂得曲径通幽的道理。这个时候他的大洋发挥了作用。门儿清花了十个大洋给松井根找了个貌美如花的暗娼，色诱松井根喝酒。松井根的警惕性原本挺高的，但在暗娼的十八般武艺下，这个平时滴酒不沾的人为了得到美色，勇敢地喝起了清酒。清酒虽然度数不高，但是暗娼一杯杯地劝，松井根很快就烂醉如泥了。门儿清拿到钥匙的时候，还忍不住为自己的计谋自鸣得意。但松井根醉酒的夜晚，阿艺发现，自己尽管拿到了三把钥匙，却没能打开档案室的保险柜。保险柜设置了密码。阿艺在尝试了几次之后，设置在保险柜里的报警器“呜哇呜哇”地叫了起来。阿艺吓了一大跳。紧接着巡夜的宪兵快速赶到，包围了档案室。好在阿艺带了防身手枪，经过一阵激战，他负伤出逃。阿艺连夜找了个小诊所，胁迫不敢处理他伤口的医生，匆匆包扎了受伤的胳膊，就去找门儿清，将钥匙还给了他。不过阿艺还钥匙前，花了五分钟时间，将三把钥匙都用泥巴做了模具。他要复制钥匙，找合适的时机再进档案室。

松下太郎出现在松井根寝室的时候，意外地发现门儿清竟然也在这里。

门儿清看上去表情轻松，正在有条不紊地照顾醉酒的松井根。

“松井太君喝多了，我留下来照顾他。”门儿清的话听上去没有一丝慌乱。

“还有一个人是谁？去哪里了？”松下太郎发现，餐桌上有三个酒杯，他怀疑，那是阿艺留下来的。

“是我找的一个女人。漂亮。松井太君让我找的。”

“为什么跑了？”

“因为，因为……”门儿清支支吾吾说不出话来。松下太郎当下明白，可能是喜欢美色的松井根用强了，门儿清找来的那个女人不辞而别。但是，这个档案室出问题的晚上，门儿清在为松井根找女人，不是很奇怪吗？

松下太郎什么都没说，开始找松井根身上的钥匙。他先是摸松井根左边衣兜，没有。紧接着在右衣兜里找到了钥匙。在这期间，门儿清神情镇定地清理着松井根的呕吐物，仿佛毫不相干的外人。

但有一个动作，松下太郎还是看清楚了。那就是，当他摸松井根左边衣兜的时候，门儿清借着清理呕吐物之时顺势将三把钥匙塞进松井根的右边衣兜里。

一切昭然若揭。只是松下太郎当时没有揭穿这一点。

他问：晚上的酒局是谁提议和设立的？门儿清是否一直在照料松井根，是否离开过房间？松下太郎的问题虽然步步紧逼，口气却细致而温和。门儿清感觉，这个人，怕打草惊蛇。

关于第一个问题，门儿清诚实地回答了。因为没有撒谎的可能。松井根终将醒来，他会证明一切。但是后面两个问题，门儿清做出了与事实相悖的回答。事实上，他盗得钥匙后，曾经短暂地离开过房间，将钥匙交给阿艺。门儿清当时是以上厕所的名义离开的，而且感觉那时松井根正对那个貌美如花的暗娼蠢蠢欲动，心急如焚，对他的离开毫不在意。

“阿艺没有参加这个酒局吗？”松下太郎漫不经心地问道。

门儿清仿佛感觉到蛇芯子正在靠近自己的脸。这个老狐狸，终于怀疑上他们两个人了。

“没有。他来干吗？松井太君不喜欢他，喜欢美女……”门儿清的回答看上去很轻松。

松下太郎却表情严肃：“你门儿清，作为一个投诚者，半夜三更出现在档案室主任的寝室，还设局让对方喝醉了酒，特别是……”松下太郎沉吟了一会儿，接着说，“松井根主任的钥匙怎么在你手上？”松下太郎说这话的时候，眼睛死死盯着门儿清，看他作何反应。

门儿清的心开始慢慢变凉。原来自己刚才将三把钥匙塞进松井根的右边衣兜的动作，还是被松下太郎看见了。

一切昭然若揭。但门儿清还是想翻盘。他解释说，松井根主任的钥匙不小心掉地上，他清理呕吐物的时候发现了，就捡起来塞进其衣兜里。

门儿清之所以这么说，是因为他还有一张底牌——阿艺没暴露。档案室里的枪战声，门儿清其实也听到了。阿艺受伤，让他也为之一惊。他担心对方暴露，阿艺却告诉他，和他发生枪战的两个宪兵根本没有看清他的脸。他不可能暴露。关键是他这里。

阿艺脚步匆匆前来送钥匙给门儿清时，建议他还了钥匙赶紧撤。但这一回，门儿清没听他的。因为情况比较糟糕，松井根还醉倒在那里，按人之常情，门儿清自顾自离开，只会招致松下太郎的怀疑。尽管阿艺警告他，档案室出事，松下太郎会第一时间查档案室主任松井根。毕竟钥匙是从他这里出去的。但门儿清还是觉得，撤不撤，松下太郎迟早会知道出事前他和松井根在一起。与其撤走，不如留下来更显得坦荡。

门儿清说："我留下来有两个好处。一是可以表明自己不在档案室的案发现场；二是可以了解松下太郎的疑心方向，兵来将挡水来土掩嘛，我们俩都好有个防范。"门儿清说这话时脸上一点看不出过去油滑的样子，让阿艺神情恍惚——这个男人，什么时候变得像个战士了？

现在松下太郎几乎对事情的来龙去脉了如指掌，但没有抓到阿艺的把柄，他对门儿清还是攻心为上："照你这么说，是松井主任酒喝醉了，身上的钥匙滑落到地板上，你捡了起来，物归原主。那么，为什么要偷偷摸摸将钥匙塞回松井主任的衣兜，而不大大方方地交给我？”

“钥匙是松井主任的，不是太君您的。我还给松井主任有问题吗？”门儿清瞪着一双天真无邪的大眼睛，反问松下太郎。

松下太郎一时语塞，不知道该怎么回答。

那个夜晚，门儿清在办公室内，与阿艺相对而坐，感觉他们时刻有暴露的危险。镇定自若，一定要镇定自若啊，阿艺这样为自己打气。事实上他右胳膊上的伤很严重，胳膊根本抬不起来。更要命的是，他第二天早上刚到特高课，松下太郎就发了个通知，特高课上下几十号员工马上去龙湾医院体检，并称这是年度例行检查，需要记入档案的。其他人不明就里，阿艺接到通知时，心里却像明镜似的。松下太郎这是在验伤啊。昨天晚上的档案室事件，松下太郎很可能怀疑是内部人所为。年度例行体检云云，当然是借口，目的就是要查出谁是昨晚枪战时受伤之人。此时阿艺的右胳膊上还绑着绷带，一旦体检，马上露馅。他磨磨蹭蹭地在办公室拖延时间，看看有什么法子可以蒙混过关。可办法还没想出来，两个宪兵却在门口催他快走了。这两个宪兵正是昨晚与他枪战之人！阿艺瞄了他们一眼，马上低下头去。两个宪兵也怀疑地看他，但一下子又无法确认，只是严厉地催他立刻出发。阿艺只得拎上公文包，在两个宪兵的“押送”下，走到特高课门口停着的汽车面前。汽车上，其他工作人员都已经就座。松下太郎在闭目养神，门儿清坐在后排，很紧张地看着阿艺上车。阿艺上车后，平复一下心情，在前排坐下。两个宪兵坐在阿艺左右，面无表情。车门关上，汽车启动。车上鸦雀无声。阿艺感觉自己头脑一片空白。他知道，今天这一关，自己是无论如何都躲不过去了。

在两个宪兵的“押送”下，阿艺抵达医院时，感觉自己在被迫玩一场瓮中捉鳖的游戏。医院是“瓮”，坐在走廊长椅上等待体检的自己就是那个无法脱逃的“鳖”。两个宪兵有意无意地站在他旁边，似乎只等体检结果一出，就立马将阿艺捉拿归案。门儿清坐在走廊另一边的长椅上，看向阿艺的眼神却是似笑非笑。阿艺不明白他的表情代表什么意思。

奇迹几乎是在最后时刻发生的。排在阿艺前面的一个同事已经进去体检了，阿艺感觉自己的右胳膊疼得厉害，绷带上不断地有血渗出，虽然看不到，但那种热流涌出伤口的感觉，阿艺是非常清楚的。他明白，进了体检室，只要脱下外套，不用查谁都明白是怎么回事。但就在这时，走廊另一头两个年轻人开始吵闹、打架了。开始他们还是在原地推搡，但很快，一个逃一个追，架打到走廊这边等待体检的人群当中。这两人似乎有不共戴天之仇，每一拳都打得很生猛。一个脸上挂了花，另一个腿被打得一瘸一拐的。关键是他们打架波及了等待体检的人们，如果坐在长椅上不动，候检的人很可能会无辜地挨上一拳或一脚，到时候被打了还不知道是怎么回事呢。门儿清率先尖叫起来，并逃到了另外一个角落。其他人看了，也赶忙站起来避让。候检秩序被打乱了，两个原本保持警惕观望的宪兵也坐不住了。他们拔出枪来，上前警告、制止两个打架的年轻人，但那两人正在气头上，根本不可能善罢甘休。即便面对宪兵持枪威胁，也根本不会后退半步。两个宪兵无奈，只得一人挟持一个年轻人去走廊那端，众人围观这场好戏，一时间忘记了体检之事。阿艺其实是在这个时候发觉这一切都是事先安排好的。他手上的体检单被一个男人一声不响地抽走，随后那男人进了体检室，阿艺回头看，发现那男人的背影很像守望者祖师爷！随后他被门儿清拉走，从走廊的另一头下楼梯。这些动作在短短几秒钟的时间内完成，没有人注意到他们使了金蝉脱壳的计策。阿艺顿悟：守望者祖师爷顶替他完成了体检，而刚刚两个在走廊打架的年轻人肯定是事先安排好的，目的就是引开宪兵，转移众人的注意力！而门儿清拉他下楼梯，目的也是不让其他人发现这个金蝉脱壳之计。阿艺也终于明白刚刚坐在走廊另一边长椅上的门儿清为什么如此放松，因为一切早已经安排好了。

因为体检没有结果，档案室枪击事件最后不了了之。在拿回来的一大摞体检报告中，松下太郎重点关注了阿艺的那份报告。上面详细注明了体检医生的诊断结论：体表完好，无外伤。松下太郎怅然若失。他开始怀疑自己是不是在调查方向上出错了：档案室枪击事件是不是外人所为，比如中共、军统等。要是这样的话，光特高课与76号的工作人员体检是无济于事的。因为手头没有别的线索，这件事到最后也只能不了了之。另一方面，阿艺在庆幸之余，也开始为档案室保险柜的密码而烦恼。三把钥匙因为做了泥巴模子，他找锁匠重新配了出来，关键是密码。如果试探档案室保险柜密码时再次出错，引发警报器报警，那他就等于是重蹈覆辙。可怎么得到密码呢？阿艺明白，这一次，他碰到了真正的难题。松井根是不可能将密码记在什么本子上的，他肯定只记在脑子里——一个人脑子里的一串数字，旁人怎么能够获知呢？阿艺几乎绝望了。但门儿清告诉他，就像发电报的人有数字偏好一样，普通人对数字也有自己的偏好。可能在日常生活中他不会流露出来，但是随机选择的时候，潜意识一定会让他选择那些他所喜欢的数字。比如很多人不喜欢4、13、250等数字，喜欢666、888等数字，以讨吉利。受此启发，阿艺突然想，别看门儿清为人轻浮，这灵光一现还是蛮有道理的。当然，遇到组合数字特别是一组密码的时候，阿艺以为，情况是很复杂的。它不是单纯的吉利或不吉利数字的排列组合，事实上它可能与家庭、特殊事件或者特殊数字有关。比如自己或亲人的生日、结婚纪念日等。阿艺决定，与其大海捞针，不如另辟蹊径。

事实上，再次进入档案室的阿艺不是一个人在战斗。在进入特高课之前，憨子已经把如何开保险柜的独门秘诀告诉了他。在憨子有限的锁匠生涯中，他的独眼师父念他心诚，临死前传授了憨子如何开保险柜的独门秘诀。当然，独眼师父不是让憨子去当一个江洋大盗，而是想让他在谋生路上多一门技艺。

现在，阿艺半蹲在保险柜面前，再次开始了尝试。上次之所以失败，阿艺以为自己还是太心急了。这一次，他决定按照憨子教他的方法去尝试一下。正所谓三人行必有我师，阿艺没想到三人小组每一个人都是有自己的独特价值的。没有门儿清，就偷不出钥匙，虽然这小子搞了些歪门邪道。现在，该是考验憨子成色的时候了。

阿艺先打开钥匙锁，用手向开锁方向转门外把手，然后用另一只手慢慢转动号码盘，试着感觉在某一刻度处是否有卡住的缺口，他要配合听觉和分析推理，找出开锁号码。

憨子此前告诉过阿艺，机械式保险柜密码锁的作用原理是锁的内部有一系列的轮片盘。按顺序左右转动位于锁外的号码刻度盘，如果能把各轮片盘上的缺口重合在一起，再将锁闩上的横杠杆制栓插入缺口中，就能把锁闩退入而开锁。刻度盘上的刻度，能指示各轮片盘上缺口的位置是否正确，如各轮片盘上的缺口不在一条直线上，密码锁是打不开的。

很遗憾，现在阿艺遇到的情况就是轮片盘上的缺口不在一条直线上——他没有感受到某一刻度处有卡住的缺口，这是很糟糕的，因为接下来，阿艺只能依靠数字推理来进行复杂的演算。虽然在谍报培训课上，麻雀曾经传授过数字推理的演算方法，但阿艺知道，理论是一回事，实践是另外一回事，一旦运气不好，很可能几个小时都开不了保险柜。

阿艺仔细观察刻度盘，发现这是个60号的号码刻度盘，内部共有三个盘可顺时针和逆时针转动。阿艺猜测，每个盘都会用一个两位数作为密码，通常个位数为5，这样的话0—60间可有05、15、25、35、45、55这六个数。

阿艺判断，由于外部转盘要带动内部三个转盘，内部定位钉的位置很少在同一个角度上，所以可先排除三个盘数字相同的可能。他决定用排列组合的方法来猜密码：

阿艺先在第一个盘设定一个密码（05），发现第二个盘有五种组合，第三个盘有四种组合。随后阿艺发现，排列组合共有120种，他要把这120种组合逐个试过去，尝试解密。

时间一分一秒地过去，阿艺最终绝望地发现，这120种组合号码都不能开启这个保险柜密码锁！到底哪里出了问题呢？是因为把第一个盘的缺口公差定得过大，还是因为第一片轮片盘与第二片轮片盘出现盘差？又或者第一片轮片盘和第二片轮片盘的带动点与被带动点的刻度号距离定位定为45个刻度号的假设不准确？

档案室外已经传来脚步声。脚步声急骤而带有很强烈的目的性。紧接着，档案室的门被一脚踹开，松井根紧随松下太郎出现在房间里。保险柜前空无一人，松井根松了一口气，松下太郎却脸色阴沉地从保险柜旁边的地上捡起一根小钢丝，随后轻轻地拉开保险柜。

里面已经空无一物了。

二十九

档案室主任松井根不得不承认，保险柜里的JN-25B密码底本不翼而飞了。

松井根向松下太郎报告说，保险柜的钥匙一直是他保管的，密码底本失窃，他罪责难逃。另外，保险柜的密码也是他设置的，除非他故意泄露，否则没人能够轻易破解。

松井根向松下太郎报告完这件事情之后，剖腹自杀了。

现在，松下太郎把目标瞄准了阿艺和门儿清两个人，一场针对他们俩的测谎实验开始了。

你和松井根主任一起喝过酒吗？

你和松井根主任喝酒是有目的的还是没有目的的？

你和松井根主任喝酒的目的是想窃取松井根主任身上的保险柜钥匙吗？

你打开保险柜是一次成功的还是分几次成功的？

档案室保险柜的密码是你猜出来的还是有人告诉你的？

你翻找过档案室的字纸篓吗？

你翻找档案室字纸篓的目的是不是要破译保险柜的密码？

你使用过一根小钢丝吗？

你使用小钢丝的目的是不是为了打开保险柜？

你是一个人开保险柜的还是跟人一起开保险柜的？

你作案时有同伙接应吗？

你是否相信主义？

你是否相信义结金兰？

测谎结果泾渭分明。阿艺在多个问题上有撒谎嫌疑，门儿清则通过了大多数的测谎题。

松下太郎将阿艺抓了起来，对门儿清，他也没有轻易放过。因为门儿清在最后两道测谎题上没有过关。

“你是否相信主义？”

“你是否相信义结金兰？”

这两道测谎题一出来，门儿清的呼吸和心跳都有些异常。他当时都回答了“否”，这或许是门儿清表里不一的生理反应。松下太郎如是猜测。

门儿清却为自己辩解，说之所以反应这么大，是因为这两道题让他感觉恶心，就像吃了一只苍蝇一样。相信主义使他被一个个组织利用和出卖，相信义结金兰使他丢了三百大洋。从此之后，他门儿清再也不会相信那些看上去金光闪闪的字眼了。

松下太郎却向他提了一个要求。把JN-25B密码底本找出来，交给他，这样才能证明门儿清真正的清白。否则一切都是空谈与伪装。

门儿清和阿艺都愣住了。

三十

三天后，门儿清交出了JN-25B密码底本。

的确是从档案室保险柜里偷出来的那本，但是已经被一张张撕过之后又重新粘回去的。门儿清说，他是从阿艺的衣服衬里搜出来的。阿艺将密码底本化整为零，目的是便于携带。这个人，果然被麻雀洗脑了，可悲可叹啦……门儿清说到这里捶胸顿足，很有“世人皆愚我独聪”的意思。

松下太郎却没有被他的捶胸顿足所感染。他在想一个问题，三天时间，交出了JN-25B密码底本，门儿清这时间分寸掌握得挺好呀。一天时间交出来，说明门儿清和阿艺或许有默契，两人的关系便会变得暧昧；三天时间交不出来，门儿清便会被怀疑立场问题。总之三天时间不多不少刚刚好，松下太郎不能再说他什么。

但松下太郎还是怀疑门儿清，在一个微妙的时间段进入特高课，紧接着JN-25B密码底本被盗，他跟阿艺，真的是清清白白的关系吗？所谓三百大洋的纠纷，在松下太郎看来就是个笑话。因为他感觉阿艺并不是个爱财的人，反而门儿清拿走阿艺三百大洋还比较可信。那么，在JN-25B密码底本被盗事件中，门儿清到底扮演了什么角色呢？

松下太郎给了门儿清一把枪，让他处决阿艺。松下太郎说，阿艺偷盗JN-25B密码底本，是对大日本帝国极其严重的犯罪，必须处死。而选择门儿清来执行，也是让他和阿艺这个共党分子做一个切割。如何行动，就看门儿清自己选择了。

门儿清首先表达了他的抗议。他说，松下太君曾经说过，把JN-25B密码底本找出来，交给他，就可以证明门儿清的清白。

松下太郎一脸无辜地看着门儿清说："不错，我说过，但是还不够，现在需要加码。"

门儿清强硬地表示，他绝不会杀人，更不会杀阿艺。松下太郎的回答干脆利落："那就把你和阿艺两个人一起杀掉。对大日本帝国来说，这才是永绝后患的做法。"

门儿清举起了枪。

他瞄准阿艺的时候，手是颤抖的。阿艺的脸色非常平静。这是一种视死如归。门儿清以前不明白"视死如归"是什么意思，现在他明白了。那就是回家。如果说生存是一种漂泊，那死亡就是结束漂泊，总算到家的感觉。阿艺现在的神情就给人这样一种感觉。

松下太郎不明白阿艺脸上为什么会有这样一种神情。以前，在共产党人脸上，松下太郎经常会看到这样的神情，现在他在阿艺脸上也看到了。松下太郎断定，阿艺就是这样一种共产党人。当然，松下太郎现在得出这个结论已经没什么意义了。他关心的是门儿清的举动。门儿清政治面貌模糊，他要通过这个人接下来的行动与选择来判断，门儿清到底是不是危险分子。

枪响了。阿艺的头颅爆裂，血水四溅。血水溅到了门儿清的脸上，也溅了松下太郎一脸。松下太郎神情淡漠地抹了一把脸上的血水，就像下雨天抹去脸上的雨水一样，动作熟练，不拖泥带水。

门儿清哇哇地开始呕吐。刚开始吐的是胃容物，紧接着吐绿色的胆汁。胆汁吐完了，门儿清还在干呕。他吐得涕泪俱下、满脸委屈，仿佛人世间的苦难都承载在他那张扭曲得有些变形的脸上。

门儿清甚至跪了下来，趴在阿艺面目全非的遗体前，号啕大哭。门儿清的哭声充满了无限的悲伤与不舍，这让松下太郎的心渐渐地硬了起来。

“你是他的同党？”

门儿清抬起泪脸，摇了摇头。

“可我看你的哭，怎么是物伤其类的感觉？”

“兄弟，是兄弟啊……”

门儿清终于承认了这一点。

接下来的辩论在兄弟与同党的关系上展开。门儿清承认阿艺是他的结拜兄弟，但并不是同党。他的哭，是为逝去的三人小组而哭。从此之后，三人小组不复存在，而他和阿艺，也就此阴阳两隔。

松下太郎从门儿清的话里听出无限的不舍。这让他下定决心，不能放这个人走。松下太郎对门儿清说，他会保障他生命的绝对安全，因为门儿清用自己的行动诠释了对大日本帝国的忠诚，他没有任何理由杀死他。但是JN-25B密码底本已经在特高课里泄密，为了帝国的安全，门儿清不能活着走出特高课。他希望门儿清理解这一点。

门儿清说："是不是我这辈子，必须和你们绑在一起了，直到战争结束？"

松下太郎点点头："这对你我都好。"

三十一

松下太郎没想到，憨子瘸着一条腿走进了特高课。他一瘸一拐走路的样子充满了苍凉感。

这个时候，阿艺已经死了，尸体变得硬邦邦的急等下葬。门儿清则表情呆滞地待在特高课牢房里，看上去了无生趣。甚至憨子进来时他的眼皮也没有抬一下，仿佛这个人他从来就不认识。

“你是来投诚的吗？投靠大日本帝国的人或者死了，或者疯了……”松下太郎用手指一下门儿清，然后看向憨子，“你选择哪一样呢？”

“我不是来投诚的，我是来收尸的。”憨子的话说得波澜不惊。

松下太郎愣了一下。不过很快，他就觉得憨子太天真。收尸？这是什么地方，这是特高课，特高课里的尸体能随便带走吗？特高课里的苍蝇都带不出去啊，不管是活的还是死的。

哈哈哈……

门儿清开始笑了，笑得特别天真灿烂。但憨子很快听出来，这笑声已经不正常了。这应该是精神病患者的笑声。有些恐惧，有些歇斯底里。

松下太郎叹口气，对憨子说：“你们不应该来的。你们来的目的都是为了JN-25B密码底本。但是看到了又怎么样呢？得到了又怎么样呢？还是带不走。他们两个，一死一疯，你呢，也好不到哪里去……”

“我是来收尸的。”憨子一再重复这句话，似乎想显示自己与阿艺和门儿清的区别。憨子向松下太郎解释说，他虽然憨，但是“兄弟情深”四个字还是晓得的。他们三个人，当初为了赛马义结金兰时，曾经发誓“不求同年同月同日生，但求同年同月同日死”，这句誓言，他到今天还记得。

松下太郎琢磨着憨子的话，心里慢慢升起一股寒意。这个人，纯粹是来找死的啊。如果说阿艺是来找密码底本的，门儿清是来讨债的，憨子则是来找死的……但是，这样的逻辑关系，成立吗？松下太郎倾向于背后有深意。

不管是怎么一个局，松下太郎愿意与它过招。

憨子立下了字据，愿意为阿艺收尸，前提条件是必须以死亡的方式。

“当然已经做不到同年同月同日死了。”憨子说，“当初义结金兰，誓言里有这一条。现在不管怎么样，是要完成的。因为只有这样，我们才是兄弟。”

松下太郎征求门儿清的意见。门儿清呆呆傻傻的，没有表态。

憨子叹口气说：“他已经是废人了，就为我们守墓吧。”

松下太郎摇摇头，不同意。

因为直到现在，松下太郎还是感觉这三个人组成了一个局。或许是为密码底本而来，或许是为别的。总之，不太寻常。

让门儿清守墓，他装疯卖傻怎么办？他把情报传送出去怎么办？松下太郎不放心。

他出了一个主意，门儿清和憨子一起死。他可以让他们和死去的阿艺埋在一起，以成全他们“义结金兰”的美名。

作为奖赏，松下太郎愿意出资建一座高规格的三人墓地，将他们埋葬在一起。松下太郎说：“这才叫义结金兰，生死与共。”

憨子叹口气，看一眼呆呆傻傻的门儿清，替他拿主意说：“好吧。他这样活着，跟死了没什么区别。”

门儿清的眼泪突然就流了出来。他仿佛听懂了，又仿佛什么都不明白，只是因为眼睛难受，流出了一些泪水。

这泪水，可能没有任何含义，也可能蕴含着人世间难以言说的深情，只是没有人察觉罢了。

门儿清和憨子被处死之前，松下太郎从他们身上搜出了两样东西：袖珍照相机和微型胶卷。前者是从门儿清身上搜到的，后者是从憨子衣服夹缝里搜出来的。

松下太郎语气淡然地说：“还是让我来揭示谜底吧。你们三人小组，设连环计，目的只有一个，深入特高课，带出JN-25B密码底本。我猜，这是阿艺设的计策。

“当然，在阿艺的计策中，他是第一个被牺牲的。首先引诱我抓捕麻雀失败，导致自己被怀疑；而门儿清则以揭发阿艺为卧底的方式，获取我的信任。

“但门儿清是第二个被牺牲的。他走进特高课，就是要协助阿艺完成JN-25B密码底本的胶片转化工作。在这个过程中，门儿清注定会被怀疑，注定走不出特高课。他手持微型胶卷等待憨子你的到来。

“憨子你则是第三个被牺牲的。你秉持‘不求同年同月同日生，但求同年同月同日死’的理念而来，试图用生命带出JN-25B密码底本的胶卷。”

松下太郎侃侃而谈，门儿清和憨子听得脸色都变了。

松下太郎仰天长叹：“阿艺君真是个天才啊，设连环计，关键是不可思议地破解了保险柜密码，盗走JN-25B密码底本。可惜计划很完美，现实很残酷。盗走JN-25B密码底本，并不代表就可以带出JN-25B密码底本……”

憨子哭了，声音呜咽，很委屈的样子：“是我，是我害了他……”

“你说什么？”松下太郎很感兴趣。

“我知道，保险柜密码是很难破解的。阿艺哥虽然聪明，可那么短的时间，估计也来不及破解。”

“但他还是破解了。”

“他一定是用我教他的方法打开保险柜的。”

松下太郎："你当过锁匠？"

"这方法还是我师父传给我的。"

"什么方法？"

"开不了保险柜时，最后的办法是用一根小钢丝伸入里面去拨动轮片盘……"

"拨码器？"

"我没有拨码器，只能给阿艺哥一根小钢丝……"

松下太郎点点头："我明白了，阿艺逃跑时，把小钢丝遗落在保险柜旁边的地板上。"

憨子哭泣："阿艺哥……"

门儿清气急败坏地说："憨子，别做个孬种！黄泉路上，挺起腰杆来！"

松下太郎一段一段地扯出JN-25B密码底本的胶卷，让其曝光。憨子看着他的表情很绝望。

松下太郎："唉，人生真是一场骗局。一切的煞费苦心到头来毫无意义。不错，你们是盗走了JN-25B密码底本，但这并不代表密码底本是真的。保险柜里的JN-25B密码底本是假的，是我放的诱饵，引你们上钩罢了……"

憨子和门儿清完全愣住了。

三十二

一切都已经板上钉钉。三人小组苦心孤诣的设计在松下太郎的算计下步步瓦解。憨子和门儿清的生命进入了倒计时。

松下太郎："你们需要收尸吗?"

憨子想了想："还是不要了吧。我大哥死了，我娘是个瞎子，白发人送黑发人，算了吧……还是让她留个念想。"

松下太郎又问门儿清："你需要收尸吗?"

门儿清："我老婆跑了，父母早已去世，孤儿一个。谁帮我收尸?"

松下太郎停顿了一下，问他们俩："阿艺需要收尸吗?"

门儿清感慨万千："他一个汉奸，家里人早就对他恨之入骨了，还收什么尸?"

松下太郎也感慨万千："三人小组，最终也只是孤魂野鬼了。唉，图什么呢?"

门儿清和憨子没有回答他，但他们的表情看上去有些庄重。

行刑之后，松下太郎开始有条不紊地做一件事情：褪去三个人身上的所有衣物，让他们赤身裸体地横尸荒野。松下太郎此举，其真实意图一方面是羞辱他们，另一方面则是防止情报外泄。

不错，JN-25B密码底本的胶卷是曝光了，但是不能排除三人小组以其他方式获得情报并将其带出。比如将写有密码底本的纸条塞在衣服夹缝里，又比如衣服本身被用作情报载体等，松下太郎要严防诸如此类的纰漏。

这一天是惊蛰日。1941年的春天到了。上海的天空春雷滚滚。

午夜时分，一个人在三人小组抛尸地哭得上气不接下气。

就像这辈子他从来没有哭过，专门积攒在这一刻，痛痛快快地发泄出来一样。

他是麻雀。就在黄昏，他接到了一个陌生人塞给他的信。信是这样写的：

亲爱的麻雀领导：

当您收到这封信时，我想我们三个人已经直挺挺地躺在荒郊野外，没有呼吸啦。尽管这块土地上现在还有日本鬼子，但我们相信，在不久的将来，他们一定会被赶出这个国家。因为阿艺说，如果连我们这样的贩夫走卒都起来抗争的话，这个国家一定有希望！将来一定能过上好日子！阿艺的觉悟就是比我们高。

哎，想起几个月前，我们还都是没什么希望的人，不相信这世上会有一群人，为了别人的希望，可以不要自己的命。直到遇上你们。阿艺说，是你们让我们三个人明白，一个人有希望地活着，是多么好的事情啊。夫妻，不要分离；父母，不要受辱；孩子，有钱读书，在学校里不被欺负……阿艺真是书香门第出来的，不过现在他也混得惨。

其实，说心里话，我们也想有希望地活下去，可后来想了想，还是要把希望留给父母、孩子，留给我们的另一半。因为麻雀领导您说过，这个国家，总是需要有些人去牺牲自己，另一些人才能活得像个人，真正的人！这话说得真解气！

所以，亲爱的麻雀领导，对不起了，我们三个人，不能按照您的设计去办事。那样的话，密码情报虽然可能拿到，不过地下组织却再也没人可以重建了！我们三条贱命换您一条命，值！

所以，我们不能同意您和阿艺的约定，以出卖您的方式，获取松下太郎对阿艺的信任。

因为在我们看来，这种出卖是真正的出卖，供出您的住址，在约定好的时间里带松下太郎来抓您。这么做是很残忍的，阿艺也许可以得到松下太郎的信任，找机会取得JN-25B密码底本，转交给上级组织，可您的命没了呀！

所以阿艺说，他要和松下太郎斗一斗。大家都是人，未必比他差，我们要把这个日本鬼子给骗了。我们三人小组连环骗，骗到最后，憨子就能用身体带出密码底本的胶卷。对了，松下太郎很狡猾，放保险柜里的密码底本是假的。我们现在带出来的，是高冷和阳台破译的密码本。他们都是聪明人，既成全了阿艺，也给我们提供了真的密码底本。只可惜，松下太郎为了保密，两天前把高冷和阳台杀害了。他大概也是怕密码本被我们带出来。

那个微型胶卷里拍的就是高冷和阳台破译的密码本，它会放在憨子的肚子里，您到时用剪刀剪开就行。憨子这胆小鬼怕疼，我们都告诉他，人死了一点都不疼，肚子剪开没事。可憨子相信有轮回，因果报应。好说歹说，他才同意了。憨子还说，他下辈子的理想，就是在大街上拉黄包车，不再被日本鬼子欺负，也不会冷不丁听到爆炸声，吓得头皮发麻。当然了，如果能找个老婆一心一意跟自己，那再好不过。

嗯，我门儿清也想找个老婆一心一意跟自己，可惜现在她跑了……下辈子吧，下辈子一定成。

最后让阿艺跟您说一句，他觉悟高。阿艺说，麻雀不能被牺牲。您必须从零开始，重建上海地下组织。这样，我们三人小组才死得不冤。

永别了，麻雀同志。就不喊您领导了，叫同志挺好，哈……

泪眼婆娑中，麻雀小心地剪开憨子的肚子。他下意识地觉得，这个平时闷声不响的人还有呼吸，还有体温，还有对这个世界宽广而炽热的爱。他只是不善言辞，跟在阿艺和门儿清后面，永远像个影子般地存在。但现在，这个影子有了磅礴的力量。

麻雀最终从憨子的肚子里找到了那个微型胶卷。胶卷被石蜡密封，以防胃液腐蚀。麻雀想，三人小组，在这个世界上真是没有完不成的任务。这三个赤身裸体的男人，此刻似乎没有任何秘密，又似乎隐藏着与中国有关的一切秘密与情感。麻雀为他们一一穿上自己带来的衣服，并庄严敬礼。

这个午夜，上海的天空依旧春雷滚滚，雨将下未下。麻雀恍恍惚惚就想起了他看过的某本书上的一句话：“二月节……万物出乎震，震为雷，故曰惊蛰，蛰虫惊而出走也。”

他想，惊蛰到了，可以做一些事情了。

尾　声

惊蛰过后，麻雀和他重建的中共上海地下组织为三人小组修建了坟墓，并举行了隆重的葬礼。那是一座“品”字形的坟墓，阿艺居首，门儿清和憨子分随其后。墓碑上刻了“三人小组之墓”字样。

麻雀在葬礼上说，这是三个平凡而伟大的人，值得每一个希望过上美好生活的中国人铭记。

图书在版编目(CIP)数据

三人小组 / 范军著. —杭州 : 浙江文艺出版社，2021.6

ISBN 978-7-5339-6504-4

Ⅰ. ①三… Ⅱ. ①范… Ⅲ. ①长篇小说—中国—当代 Ⅳ. ①I247.5

中国版本图书馆CIP数据核字(2021)第102445号

策划统筹　王晓乐
责任编辑　邓东山
营销编辑　张恩惠
装帧设计　人马艺术设计·储平
责任校对　陈　玲
责任印制　张丽敏

三人小组

范军　著

出版　浙江文艺出版社
网址　www.zjwycbs.cn
经销　浙江省新华书店集团有限公司
印刷　杭州富春印务有限公司
制版　浙江新华图文制作有限公司
开本　880毫米×1230毫米　1/32
字数　149千字
印张　8.125
插页　2
版次　2021年6月第1版
印次　2021年6月第1次印刷
书号　ISBN 978-7-5339-6504-4
定价　42.00元